占い屋怪談
化け物憑き

幽木武彦

竹書房
怪談
文庫

まえがき

竹書房怪談文庫さんから単著で怪談集を出させていただくのは、これで五冊目になります。

第一弾となる『算命学怪談』でスタートした「占い師の怖い話」シリーズ三部作が完結したあと、ご当地怪談集『埼玉怪談』を二〇二二年小雪の時期に上梓して以来となりますので、約二年ぶりということになるでしょうか。

また『埼玉怪談』は埼玉県内で起きた怪異にフォーカスしたものでしたので、そうした縛りのない全国区の怪談集は二年半ぶりになります。

私にしつこく乞われ、とびきりの話をご披露くださったみなさん、本当にお待たせしました。

ようやく発表できます。

発表してしまってよいのかどうか、悩みたくなる話も多々ありますが。

そして、どれぐらいいてくださるのか分かりませんけれど、首を長くして「幽木怪談」

をお待ちくださったみなさん。

この本を手に取ってくださったこと、心より感謝申しあげます。

でも、お待たせしただけのことはあると思っています。

発表できない間、じめじめとした不気味な闇の中でねっとり、じっとりと発酵させ続けた、グロテスクだったり耽美だったりする摩訶不思議な恐怖譚達が、あなたの脳髄にヌチョリと滑り込んで粘りつき、剥がしたくても剥がせなくなることを希求しながら、この本の中で薄気味悪い粘着音を早くも立てています。

怪談という共通言語を通じて出逢うことのできたさまざまな話者は、北は北海道から南は沖縄まで、まさに全国津々浦々。

ふつうのふりをして生きているホラーなみなさんお一人お一人から聞いた、面妖で「はあ!?」などとびっくりの化け物話を、どうぞご堪能ください。

著者

目次

2 まえがき

8 息遣い

12 病院の廊下

18 四階

21 鍵

26 漁師町の黒い家

45 悪霊　第一部「胎動」

悪霊　第一部「写真」 55
悪霊　第一部「霊能者」 59
高台の家 65
プリクラ 72
喜屋武岬 76
旧盆三日目の夜 83
墓の見える学校 94
悪霊　第二部「薬剤師」 104
悪霊　第二部「龍神」 109
ゼネコン 121

122 供養
125 御眷属拝借
129 郵便局
136 悪霊　第三部「みたび、始まる」
144 悪霊　第三部「寺本」
152 悪霊　第三部「最後の戦い　陰陽師」
163 死亡診断書
165 こっくりさん
176 走る老婆
182 犬と老人

Ｍｏｔｈｅｒ　191
蠅　206
飛ぶ怪談　221
あとがき　238

※本書は体験者および関係者に実際に取材した内容をもとに書き綴られた怪談集です。体験者の記憶と主観のもとに再現されたものであり、掲載するすべてを事実と認定するものではございません。あらかじめご了承ください。

※本書に登場する人物名は、様々な事情を考慮して一部の例外を除きすべて仮名にしてあります。また、作中に登場する体験者の記憶と体験当時の世相を鑑み、極力当時の様相を再現するよう心がけています。今日の見地においては若干耳慣れない言葉・表記が記載される場合がございますが、これらは差別・侮蔑を助長する意図に基づくものではございません。

息遣い

花絵さんは、警察犬の訓練士をしていたことがある。

子供の頃にテレビで見た、警察犬と女性警察官を主人公にしたドラマに憧れ、その世界に入った。

これは、その頃の話。

今から三十年以上前のことだという。

「仕事上、時間が割と不規則だったんです。その晩は仕事を終えた後、寮の部屋で深夜番組を見ていました」

当時、花絵さんは二十二歳。

訓練士の仕事には十八歳の頃から携《たずさ》わっていた。

寮は東京都内にあった。

二階建ての一軒家。あまり日の当たらない家だった。

一階に広いキッチンと居間があり、二階に寮生の個室が二つ。当時、花絵さんは先輩の女性と二人で暮らしていた。

八月の蒸し暑い夜だったと、花絵さんは記憶している。ともに暮らす先輩の女性は、眠くなったからと先に二階に上がっていた。

当時のテレビ番組は、現在といささか趣が異なる。

社会は今より鷹揚で、令和の時代なら企画さえ通らないような怪しげなオカルト番組も、地上波で盛んに放映され、人気を博していた。

その夜更け、花絵さんが一人で見ていたのもそうした怖い番組だった。

「もう番組名は忘れてしまいましたけど、生放送でしたよ。出演者には心霊研究家としても有名だったミュージシャンのIさんや、元人気アイドルで、その後ギタリストに転身したNさんとかが出演していました」

花絵さんは、怖いことには耐久があった。深夜、一人でそうした番組を見ることに、特に抵抗はない。

居間は六畳ほどの広さの畳敷き。夏仕様の状態の炬燵が部屋の中央にあり、座椅子があった。花絵さんは疲れた身体をぐったりと座椅子にもたせかけ、ぼんやりとテレビを見ていた。

突然、違和感を覚えた。

テレビの隣に置いてあった鏡を見る。

縦長の姿見だ。

花絵さんは鏡の中を上下に動く、白い影のようなものに気づいた。

部屋の中を見回した。

だが自分以外、他に誰かがいるはずもない。

いやな予感がした。しかし彼女は、疲れていた。

「気のせいかなって言い聞かせて、私はそのままテレビを見続けました」

すると、どれぐらい経ってからだったろう。

……ハァ、ハァ。

今度は花絵さんの耳元で、誰かの息遣いがした。

男の息遣いだった。

……ハァ、ハァ。ハァ、ハァ、ハァ。

「うわあ、やっぱりまずいなって。今度はさすがに怖くなって。私、テレビを消して寝ようと、リモコンを持ったんです」

その時だった。

テレビ画面の中で、元アイドルのNがいきなり叫ぶ。

——あの、すみません。

司会者の進行に割って入り、Nは言った。

——さっきからずっと、俺の耳元で誰かの息遣いがするんですけど。

「私、もうたまらなくなってしまって。急いでテレビを消しました。階段を駆けあがって部屋に飛びこみ、ベッドに潜りこみました」

だからその後、番組でどのようなやり取りがあったのか、花絵さんは知らない。

だが、今でも彼女は確信している。

あの夏の夜。

耳元でした不気味な息遣いは、きっとそこにも飛んでいった。

病院の廊下

「あれは、私が小学一年生のときでした。父方の祖父が、ある病院に入院していました」

そう回顧するのは、優理子さん。四十代の女性である。

夏の終わりのことだった。

祖父が危篤になったという連絡を受け、優理子さんは母親の佐知さんと病院に向かった。

父親は一足先に行っていた。

祖父は膀胱癌を患い、五年もの長きにわたって闘病を続けていた。

病気のせいで胃まで悪くなった。

胃穿孔だった。

それが原因で倒れ、緊急入院をして手術をしたものの、優理子さんは再び、祖父の元気な顔を見ることはできなかった。

「病院に着くと、母と二人で病棟に入りました。どんよりとした重苦しい天気。ムシムシした午後のことでした」

病院は四階建てだった。

一階の受付は午前の診療を終えて暗くなっている。手続きをすませると、優理子さんは佐知さんと手を繋いで二階の病室をめざした。

エレベーターに乗り、一階から移動する。

一般病棟の二階もまた、電気が消されていて暗かった。粘つくような湿気が、べっとりと身体にまつわりついてきたことを、今でも優理子さんは覚えている。

暗い廊下を二人で急いだ。

祖父のもとにはすでに父と、その兄弟達がいるはずだ。

優理子さんは何度も足元をもつれさせた。どんなに急ごうとしても、大人の速さにはかなわない。

訴えるように佐知さんを見あげた。だが佐知さんは心ここにあらずという硬い顔つきで、優理子さんの小さな手を引っぱり続ける。

ところが——。

「そんな母が、突然ピタッと止まったんです」

まるで、時間が止まったかのようだった。

あんなに急いでいたはずなのに、母親はいきなり彫像のように固まる。優理子さんの手を握る指に、強い力が加わった。

どうしたのだろうと不安になりながら、母親を見あげる。だが佐知さんは優理子さんの手を握りしめ、前を向いて固まったままだ。

「私、耐えられなくなって、母の手を引っぱりました。すると母は」

——ううっ。

小さく唸ったかと思うと、ようやく歩き出した。

見たこともない顔つきだ。唇を噛みしめて前を睨みすえ、先ほどまで以上に足早に、優理子さんを引っぱっていく。

病室にたどりついた。祖父は、すでに亡くなっていた。

嗚咽する父の姿が印象的だった。

ありし日の祖父は、短く刈り込んだ白髪頭にメガネがトレードマーク。上背があり、いつもいかめしく口を結ぶ厳格な人だった。

家父長制の意識が強く、男子偏重な性格だったため、祖父に可愛がられた記憶は、実は優理子さんにはまったくない。

父と祖父の関係も、端から見ていてもさほど良好なものには思えなかった。そんな父がむせび泣く姿を見て、あぁ、一応親子らしい感情はあったのかと、不思議なほど冷静な気持ちで、優理子さんは父を見あげていた。

「小学一年生のわりには大人びていたんだと思います。おかしいですよね、すごく醒めた目で見ていて」

優理子さんはそう言って笑った。

父の涙にも驚いたが、それより先ほどの母はいったい何だったのだろうという疑問も、優理子さんにはあった。

だが、その後に続いた通夜や葬儀の忙しさのせいで、確かめる機会を失った。結局優理子さんはあの時のことを佐知さんに問いただすこともなく、時は流れた。

「この話が、母との間で再び話題になったのは、私が大人になってからでした」

優理子さんは久しぶりに母親と、祖父が亡くなった頃の思い出話をした。

入院していた病院の記憶などを二人で辿っていたところ、突然彼女は、例のことを思いだした。

そう言えばと、佐知さんに話を振る。佐知さんは驚いたように優理子さんを見たという。

よくそんなことを覚えているねという感じだった。

優理子さんは母親から、あの夏の午後のことをようやく聞いた。


どんよりと暗い病院の廊下。

佐知さんは優理子さんの手を握り、義父の病室に急いだ。

臨終の瞬間に立ち会えるかどうか、微妙なところだった。自然に急ぎ足になる。小さな娘を急き立てる格好になった。それでも佐知さんは、廊下を急いだ。

誰かがこちらに歩いてくる。

入院患者かと思った。佐知さんは軽く会釈をして、すれ違おうとした。

時間が止まった。足も止まる。

義父だった。

義父は佐知さんの横を通りすぎた。佐知さんは動けなくなった。

優理子さんは言う。

「振り向けば確かめられると思ったそうです。だけど確かめられなかった。まさか。今のはなんだって……どうしようと思って逡巡していたら」

気配を感じた。

佐知さんは心臓が止まるかと思った。

後ろに誰かいる。

すぐ後ろ。

佐知さんと優理子さんの真後ろに、それはいた。

こちらを向いている。

「振り向いちゃだめだと思ったそうです。後ろに漂う気配を髪の毛のあたりに感じながら、その感覚を断ち切るようにして歩いたと、母は言いました」

あの時、自分の手を強く引いて歩いた母の行動にはそんな理由があったのか。

そう思うと、優理子さんは今さらながらに、背すじをぞくりとさせたという。

四階

紀恵さんの仕事は看護師。

現在は病院ではなく、看護スタッフとして高級老人施設で働いている。

「入居するためのお金だけで何千万。さらに月々の費用も、毎月何十万っていうような高級施設なんですけど、その建物、昔は病院だったんです」

紀恵さんは言う。

だから、霊安室も実はいまだにあるのだと。

施設には、エレベーターが二基ある。

大きく新しいエレベーターと、古色蒼然たるエレベーター。

その施設は途中で増設をしたため、最上階は四階だが、古い方のエレベーターは建物の構造の関係で、四階までは行かない。

地下一階と三階の間を往復する造りである。

施設の夜勤者は、いつも二人しかいなかった。職員は二人とも、古いエレベーターが見える二階のスタッフステーションで待機する。

そして、深夜になると——

「いきなり、エレベーターの扉がスーッて開くんです」

紀恵さん達夜勤スタッフはギョッとする。誰もエレベーターのボタンなど押していないし、開いたエレベーターの中にも人なんていない。

エレベーターの扉は、二人のスタッフに無言で見つめられる中、しばしじっと開いた後、やがて小さな音を立てて閉じる。

エレベーターの箱が上昇を始める。扉脇の壁にはエレベーターの現在位置を示す階数表示パネルが嵌め込まれている。

エレベーターの箱は三階に上昇する。

本来ならそこが行き止まりのはず。それなのに、壁の階数パネルはしばらく経つと「3」から「4」へと表示が変わる。

「それを見るたび、私達、いつも顔を見合わせるんです。気味が悪くてたまらないです」

しばらく経つと、エレベーターの箱は下降に転じる。「4」から「3」、「2」、「1」と数字を変えた表示板は、「B1」まで表示して停止する。

そこには霊安室がある。

どうしてそんなことが、毎晩のように無人のエレベーターで起きるのか。

いまだに誰にも分からないという。

鍵

これも紀恵さんに伺った話。

ある夜。

夜勤担当として高級老人施設で仕事をする紀恵さんは、もう一人のスタッフと深夜の巡回に出かけた。

ステーションのある二階から、古いエレベーターに乗って三階に上がる。

エレベーターの箱に乗るのは薄気味悪かったが、仕事となれば贅沢は言っていられない。

階段での上り下りは体力を消耗する。

「私達は三階でエレベーターを降り、手分けをして確認作業をしようとしました。毎晩のようにしているルーティンワークです」

三階には、利用者達の居室が廊下に並んでいる。

元々病院だった施設はけっこう広く、途中で曲がっている廊下も端から端までそれなりの長さだった。

同僚のスタッフは自分の担当部分を確認すべく、足早に廊下を移動した。

スタッフはみな、常に鍵を携帯しているため、その鍵が立てるチャリ、チャリという音が、どんどん遠ざかっていく。

紀恵さんも自分の担当エリアに異常はないかどうか、一人で深夜の点検作業を開始した。

真夜中なので廊下は薄暗い。ところどころに、ぼんやりとした明かりを点す常夜灯や、避難口誘導灯があるばかりだ。

すると。

……チャリ、チャリ、チャリ。

「遠くから、鍵の音が近づいてくるんです」

あれ、どうしたんだろうと紀恵さんは思った。

それぞれの作業をマニュアル通りに進めるなら、それなりに時間がかかるはず。こんなに早く戻ってくることはあり得ない。

何か伝達事項でも発生したのかと、紀恵さんは訝《いぶか》った。

……チャリ、チャリ、チャリ。

それは、たしかに鍵の音だった。

……チャリ、チャリ、チャリ。

だが、いつも自分達が鳴らす鍵の音と、微妙にどこか違って聞こえる。

紀恵さんは眉をひそめた。

しかも。

チャリ、チャリ、チャリ。

チャリ、チャリ、チャリ。

近づいてくるスピードが、何やら無性に速い。

紀恵さんは廊下の角を見た。鍵音の主は、もうじきそこから姿を現すはずである。動きを止めて、同僚を待った。

その時だ。

あ゙、あ゙、あ゙、あ゙。

すべての音に濁点がついたような「あ」の音が、突然耳元で響いた。

あ゙、あ゙、あ゙、あ゙、あ゙。

紀恵さんはビクンと飛びあがり、音のした方を見るが誰もいない。

チャリ、チャリ、チャリ。

チャリ、チャリ、チャリ。

いつしか鍵の音も、すぐ近くでする。しかしどんなに目を凝らしても、そこに同僚の姿はない。

あ゙、あ゙、あ゙、あ゙、あ゙。

チャリ、チャリ、チャリ。

あ゙、あ゙、あ゙、あ゙、あ゙。

チャリ、チャリ、チャリ。

濁点つきの「あ」は、若い人のうめき声にも聞こえた。紀恵さんは、両手を耳に当てて後ずさる。

そんな彼女を嘲笑うかのようだった。不気味なうめきと鍵の音が、指の隙間から耳の穴にズルズルと這いずり込んでくる。

あ゙、あ゙、あ゙。

——やめて。やめて。

チャリ、チャリ、チャリ。

あ゙、あ゙、あ゙、あ゙、あ゙。

——誰か。誰かあああ。

チャリ、チャリ、チャリ。

——ひいい。

あ゙、あ゙、あ゙、あ゙、あ゙。

あ゙、あ゙、あ゙、あ゙、あ゙。

——ぎゃあああ。

紀恵さんは耐えられず、その場から駆け出し、同僚に助けを求めた。

それ以来。

深夜になると施設の古いエレベーターには、盛り塩が置かれるようになったという。

漁師町の黒い家

この話は、山陰地方某県に暮らすご夫婦から聞いた。

妻の静さんと、夫の隆章さん。

八歳違いで、静さんは四十代、隆章さんは五十代だ。

二人からは別々に取材をした。だがここでは分かりやすさを優先し、時系列などシンプルにまとめていることを、あらかじめお断りしておく。

今から三年前のこと。

隆章さんの父親が、末期の肝臓癌で入院をしていた。

その当時夫妻は、車で三十分ほどのところにある病院と自宅をせわしなく往復する日々を送っていた。付き添いには隆章さんの母親がついていたが、いつ何があってもおかしくない状況だ。

静さんにとっては、とても優しい義父だった。静さんを娘のように可愛がってくれ、いやな思い出など何もない。そんな義父が病院で、たくさんの管に繋がれたまま昏睡状態でいることに、静さんは胸を痛め続けていた。

そんな、ある日のことである。

「夜中に、固定電話に着信があって。こんなこと、あまり思いたくないですけど、ああ、いよいよ来たかなって思いながら、寝室からリビングに行って電話を取ったんです」

だが、どうして携帯ではなく固定電話なのだろうとも、静さんは思ったという。

「だってお義母さんなら、必ず私の携帯に電話をしてきましたし。もしかしたら看護師さんかななんてあれこれ考えながら、私、電話に出ました」

すると。

——静。俺だけど。

電話の向こうで、その男は言った。義母でも看護師でもなかった。しかもいきなり呼びすてだ。すぐに思い当たる男性はいなかった。静さんは薄気味悪く思いながら「どちら様？」と問いかける。

すると男は言った。なぜだが声が切迫している。

――俺だよ。

――は？

――俺。隆章。

――はあ？

――いや、お前の携帯番号が分からなくてさ。

静さんは訝しんだ。

どうして夫なのだ。夫なら、同じベッドの隣にいる。

怒りと気味悪さにかられ、すぐに電話を切った。誰だか知らないがいい加減にしてほしいと思いながら、リビングの明かりを落とし、寝室に戻ろうとする。この頃ただでさえ寝不足気味だというのに勘弁してほしかった。

またも背後で電話が鳴る。うるさい。うるさい、うるさい――静さんは逃げるように寝室に駆け込み、ベッドに入った。

そこには先ほどまでと同様、夫がいる。

マットレスを乱暴に軋ませたつもりはなかったが、少々うるさかったか。隆章さんは不機嫌そうなうめき声を上げ、こちらに背中を向けた。

やれやれと思い、スマートフォンで時間を確かめる。夜中の二時を少し過ぎていた。

「次の日、私達は義父が亡くなったという連絡を受けて、病院に急ぎました。そう言えばって、深夜にあったできごとを話したのは、病院へと向かう車の中でした。そうしたら、夫が驚いたように目を見張ったんです」

隆章さんは言った。

――いや、俺さ。夢の中で、たしかにお前に電話をしたんだよ。

静さんは眉をひそめ、苦笑した。

――はあ。何それ。

すると、隆章さんは言う。

――変なところにいるんだよ、俺。行ったこともない……何て言うの、漁師町みたいなところでさ。で、お前に連絡しなきゃって、慌てて公衆電話を使ったんだ。だけど、お前の携帯番号が分からなくてさ。

静さんは驚いた。薄気味悪さに拍車がかかる。

正直なところ、昨夜のできごとは夢だった可能性もあると思うようになっていた。眠い目を擦り、ぼうっとした状態でリビングに行ったつもりだが、後になって考えてみると、本当にあったことなのかどうか自分でも心もとない。

「だから、夫の話を聞いてびっくりしてしまって。しかも夫が見た夢というのが、よく聞いてみると、何だかいろいろな意味で気味が悪いんですよ」

そんな成りゆきで、私は静さんから隆章さんを紹介された。

「妻への電話ですよね。そうなんです。私も驚いたんですけど」

隆章さんは言った。

「しかも、その晩の体験が夢だったのか現実なのか、よく分からないって妻は言うんですけど、実は私も同じで。夢にしては、妙にリアルだったんです」

そう言うと、隆章さんは自分が見た夢の話をしてくれた。

「何て言うんですかね……どんよりと、腐ったような匂いのする海沿いの町なんです。肌に潮風が絡みついて、ぴりぴりする塩辛さがとにかく鬱陶しい。何艘もの漁船が港を行き来したりしていて、見たこともない土地なんですけど、なんでだか、ちょっと既視感みたいなものもあって」

暑い日射しが降りそそぐ、午後の漁師町だった。

色褪せたレトロな家並みが、迷路のような通りの左右から、細い灰色の道に覆いかぶさっている。

気がつくと、目の前に色白の幼女がいた。

三歳ぐらいであろうか。

身につけているのは、昭和の昔を思わせる時代がかった着物である。

誰だこの子はと、隆章さんはギョッとした。顔立ちは、結構整っていて愛くるしい。どこかで見たような気もしたが思いだせなかった。

――ついてこい。

幼女は隆章さんに言った。

何だ、偉そうな子だなと度肝を抜かれたが、幼女は足早に歩きだす。なぜか自分の方が敬語になってしまって、どこへ行くんですかと聞くも、振り返りもせずに通りを進んでいく。

隆章さんは追いすがり、なおも聞いた。ねえ、どこに行くんです。すると幼女は、面倒くさそうに舌打ちをして答える。

――もうすぐ生まれる。

――何がですか。

隆章さんは聞いた。幼女は言う。

——おまえの父親だ。早くしろ。

ははあ、やはりこれは夢だなと、隆章さんは思ったという。

だがいつもの夢と比べると、今見ているこの夢はなぜだか妙に生々しく、すべての輪郭がくっきりとしている。

早くしろと幼女に怒鳴られた。

道端のたばこ屋に公衆電話があったため、隆章さんは「ちょっと待ってください」と幼女に叫び、慌てて電話に駆け寄った。

妻に連絡をし、ちょっと遅くなりそうだけど心配するなと告げるつもりだった。

だが、妻の携帯番号が分からない。しかたなく家の固定電話を鳴らすと、誰かの悪戯《いたずら》だと思ったらしい妻は、ろくに話も聞かずに電話を切った。

幼女がはるか彼方で、目をつり上げて睨んでいた。

隆章さんは慌てて駆け出す。

潮風が孕む生臭い匂いと、ほとんど真上から刺さる強い日射しに閉口した。

幼女は通りの角を曲がり、視界から消える。

隆章さんはその後を追い、通りを駆けて角を曲がった。魚の臭いに混じって、腐臭じみたものが色濃くなる。べっとりと、いやな悪臭が、首筋に、頬に、耳に粘りついた。

狭い通りには、朽ちた一軒家や倉庫のような建物が軒を連ねている。

野良らしき黒猫が通りを横切った。赤錆に覆われた倉庫の壁で、剥がれかけた選挙ポスターが潮風と戯れ、ぺらぺらと踊る。通せんぼでもするかように、一軒の古い家が突き当たりにあった。

家屋と道路は鉄柵の門と、錆の噴きだした有刺鉄線で遮られている。

誰にも管理されていないのか、鬱蒼とした木々の枝葉や丈の高い雑草が、通りにまで溢れだしていた。

家は、その奥にあった。大きな黒い家である。

「あれ、あの子はどうしたんだと思いながら、鉄柵にまで近づき、身を乗りだして枝葉や雑草越しに建物を見ました。そうしたら女の子は、黒い家の玄関らしきところに立って、不機嫌そうに大きく手招きをします。鉄柵から家の玄関までは、結構距離がありました」

次の瞬間、ワープしたように隆章さんは黒い家の前にいた。

どう見ても廃墟にしか見えない。何やら化け物屋敷のような気味悪さを感じさせた。またしても、幼女はいない。家の中で音がした。隆章さんは躊躇《ためら》いながらも、玄関の引き戸をそろそろと横に開けた。

幼女がいた。広々とした土間造りの三和土《たたき》の向こう。上がり框《かまち》から続く一段高くなった畳の間の端に、こちらを見て立っている。

こっちだ、とでもいうように小さな顎をしゃくった。またしても姿を消す。階段らしきものを上っていくリズミカルな音が聞こえてくる。

隆章さんは三和土に入った。土間の一角にある古い竈《かまど》に懐かしい気がしたという。靴を脱ぎ、家にあがる。磨き込まれた木の床には、艶々と木目が浮き出していた。廃屋だと思ったが、家の中には意外なほどの生活臭がある。なぜだか郷愁をそそられる眺めに目を奪われた。いわゆる田の字作りと言われる古風な間取りである。

——早くしろ。

階上から、幼女の声が飛んだ。

隆章さんは囲炉裏の周囲を回り、階段に近づく。

「黒くなった、急な狭い階段をあがりました。階上には明かりがなくて、階段はあがればあがるほど、闇が濃さを増しました」

階段がギシギシと鳴った。埃の匂いが強くなる。木が黴《か》びたような匂いもした。

じわりと湿っぽい。

二階にあがると、廊下を少し行った先に幼女がいた。部屋の障子を開け、隆章さんを誘うように見つめている。隆章さんは廊下を歩き、幼女にうながされるがまま、部屋に足を踏みいれた。

「ギョッとしました。だって、知らない女の人がいたから」

そこは、八畳ほどの畳の間だった。その知らない女は、畳に敷かれた布団に仰向けになってうめいていている。

薄い掛け布団がかけられていた。浴衣姿だ。

その腹は、今にもはち切れんばかりに膨らんでまん丸になっていた。そんな女を、色褪せたモノクロ写真のような光を放つ裸電球が照らし出している。

——早く。来て。あなた。

女は額から、汗の雫を噴き出させながら言った。自分を呼んでいるらしい。だが、こんな女と会ったことはないと隆章さんは思った。

「後ろから、幼女に背中を押されました。振り返ると、イライラした感じでまた顎をしゃくり、『務めを果たせ』って言うんです。もう何が何やらって感じです。でも女の人は苦しんでいるし、そもそもこれは夢なんだし、もうどうにでもなれという感じで、私はその人の枕元まで進み、膝立ちになって、求められるまま手を握りました」

妊婦らしい女の手は熱っぽく、滲み出した汗でべっとりとしていた。

ところが女と手を繋いだ途端、隆章さんにスイッチが入る。

いきなり、女の名を呼んだ。

「何て呼んだのかは、どうしても思い出せないんです。すべてが鮮明な夢なのに、どうしてもそこだけが思い出せない」

女は、汗を噴き出させた小顔を苦悶に歪め、「あなた。あなた」と強く手を握り返した。

隆章さんは、この女は自分の妻だと思ったという。

だがどういうことなのか、理解できなかった。理由は分からないながらも、間違いなく妻だと確信しながら、隆章さんは、○○、○○と、何度も妻の名を呼んだ。会ったこともない女なのに。

女はうめいた。汗が噴き出しているのは顔だけではない。首筋にも、腕にも、浴衣の合わせ目から覗く胸もとにも、玉の汗が噴き出して輝いている。

よく見ると、美しい女だった。

ほっそりとした肢体を浴衣に包み、長い黒髪は枕から零れて扇のように広がって乱れている。掛け布団を押しあげる腹が、揺れて見えた。

――しっかり。○○、しっかり。

隆章さんは両手で女の手を握り、叫んだ。助けを求めるように幼女を探すも、どういうわけか、すでに姿がない。

――ああああ。

布団の上で苦悶する女が、大蛇のようにのたうちはじめた。掛け布団を蹴散らし、首筋を引きつらせて「うー、うー」とうめく。

身につけた浴衣が乱れ、白い腿が露わになった。いつの間にか女は両脚をくの字に曲げて開き、苦しそうな声をあげる。

――ああ。ああああ。

「そして、出産が始まりました」

隆章さんは女の傍らに屈みこみ、白く細い指を両手で包んで、立ち会おうとした。女の喉からすさまじい声が迸る。角度的によくは見えなかったが、裂けた腹から巨大な長いものが飛び出してきた。隆章さんは呆然と、異形の物体を見る。

「蛸《たこ》なんです」

蛸？

「ええ。蛸です。長くてヌルヌルした蛸の足が、女の腹から飛び出して蛇のようにくねっているんですよ。細長い足には無数の吸盤が並んでいて」

女は背筋をしならせ、獣のように吠えた。

ズルッ。ズルッ。ニチャ。グチョッ。

粘りに満ちた音が、重さと音量を増して女の股のつけ根から響く。膨らむ腹から、二本目の蛸足が勢いよく飛び出した。続いて、三本目、四本目、五本目……。この世の終わりの眺めとしか思えないグロテスクな蛸足が、後から後から現れる。

だがその光景は醜悪でありながら、なぜだかとても美しかったと隆章さんは言う。

彼が覚えているのは、ここまでである。

夢から覚めた。何だか変な夢だったなと思いながら、父の訃報を聞いた。そして妻の静さんから、夜中にかかってきた不審な電話の話を聞き、あっと驚いたのである。

話にはまだ続きがある。

再び、静さんにご登場願う。彼女はまた、不思議な体験をした。

「今度のは、明らかに夢なんです。義父のお通夜が終わった晩。真夜中でした。くたびれきって泥のように眠っていた夢の中で、私の携帯に電話がかかってきました」

――もしもし、しーちゃん？

電話の向こうから聞こえてきたのは、幼い少年の声だった。

――お義父さん？

静さんは、すぐにそう聞いた。声は明らかに子供だが、間違いなく義父だと確信する。彼女を「しーちゃん」と呼ぶのは義父しかいなかった。

お義父さん、お義父さんと、静さんは泣いた。子供の声をした義父の近くでは、陽気にはしゃぐ幼女らしき声がした。

――ありがとう。また会えるよ、しーちゃん。

少年が言った。

――みんな、また会える。嘘じゃないよ。

そう言うと、電話の向こうで少年と幼女は「うひひ。うひひ」と一緒に笑い、電話は突然切れたという。

その話を聞いた私は、失礼を承知で静さんに聞いた。

——あの。本当に夢の中のできごとでしたか？　断言できますか？

すると、静さんはじっと黙った。

首を傾げ、長いこと考えた末、やがて彼女は言った。

「だと思いますよ。そうじゃなかったら……ちょっと怖いです」

ちなみにこの年の、夫妻と父親の運勢は、ちょっと珍しいものである。

まず、隆章さん。

庚戌《こうきんのいぬ》
癸未《きすいのひつじ》
辛丑《しんきんのうし》
戊子《ぼどのね》
辛丑

算命学で、その年の運勢を見る時に使う「五柱法」という技法。

宿命三干支（右端から、年干支、月干支、日干支）に、十年に一度変わる「大運干支」（隆章さんは現在「戊子」を通過中）、その年の年運干支「辛丑」（万人共通）を加えた見方である。

庚戌
癸未
辛丑
戊子
辛丑

自分自身を表す隆章さんの日干支「辛丑」と同一の干支が、父親が逝去した年に回ってきている。こういう状態を「律音《りっちん》」という。「律音」とはズバリ「再出発」「リセット」「人生のやり直しの時」だ。

そして、静さん。

辛酉《しんきんのとり》
辛丑
丁未《ていかのひつじ》
乙巳《おつぼくのみ》
辛丑

こちらも月干支とこの年の年運干支が「律音」で、同じく「再出発」。
最後に父親だ。

辛未《しんきんのひつじ》
辛丑
辛未
壬辰《じんすいのたつ》
辛丑

月干支とこの年の年運干支が、同じように「律音」。

つまりこの年は、私が知る限り三人の関係者に「再出発」を暗示する象意が出ていたことになる。そして同時に、この年の父親には、

辛未
辛丑
辛未
壬辰
辛丑

人生が一八〇度変わるようなできごとが発生することを暗示する「納音《なっちん》」も二つも出ている（「納音」とは、十干が同じで十二支が正反対の位置にある干支同士の激突をいう）。

この年、この家族に何かが起こりやすい運気だったことは間違いないだろう。

——ところで。

取材の最後に、私は静さんにも隆章さんにも同じことを聞いた。

——道案内をしてくれたという幼女……もしかしたら、お父さんと電話の向こうで笑っていた子と同一人物かもしれないその子には、何か思い当たる節はあるんですか？

すると二人は、どちらも首をひねってうめいた。

やがて。

——まったく分からないんです。

二人とも同じように、ちょっと薄気味悪げに、そう言った。

悪霊　第一部「胎動」

これから私が語るのは、映美さんという五十代の女性から聞いた話。
少し長くなる。
なぜなら八年もの長きにわたって、映美さんは底なしの恐怖に呪縛された。
その全貌を、ここに記す。
第一部から第三部まで、この大河怪談は全三部。
通して読むもよし。
一部ごとに分けて読むもよし。
どう追体験するかはご自由だ。
では始める。
映美さんが転げ落ち、そこにいた「それ」に憑かれて絶望することになる落とし穴の闇は、ある男性との出逢いから生まれた。

「十七年前のことです。その頃、私はのちに籍を入れることになる寺本という男性と出逢いました」

映美さんはそう回顧する。

当時映美さんは、中学二年生になる娘と二人、北海道は千歳市の古いアパートで暮らしていた。

母子家庭だった。

そんな母娘二人に、寺本が割りこんできた。

知り合ったのは、友人に誘われて参加した飲み会の席。たまたま隣同士になって会話をしたところ、その後、件の友人から連絡先を聞いたと言ってメールがきた。

食事に誘われ、デートを繰り返すようになった。

「最初はごく普通の人でした。私としては、正直タイプというわけではなく、何か引っかかるところもあったんですけど、気がつけば寺本のペースに乗せられて、恋人関係になっていました」

寺本は映美さんと恋仲になったのをいいことに、どうせなら一緒に暮らそうよと持ちかけた。そして、母と娘が暮らすアパートに強引に押しかけてきては、寝泊まりすることが多くなった。

映美さんは戸惑った。

なにしろ娘は多感な年頃。「もう家には来ないで」と何度も頼んだが足元を見られた。お金の心配はさせないからという殺し文句に、映美さんは揺れた。

とにかくしつこい。「いい人アピール」は異常なほどだった。

結局、根負けした。

「私がシングルマザーなばかりに、娘にはいろいろと不自由な思いをさせていましたしね。お金を入れてくれるんだったらと、籍を入れたわけじゃないんですけど、私が折れて一緒に暮らすことになりました」

寺本は嬉々としてやってきた。

だが映美さん達が暮らしていたのは、２ＬＤのアパート。キッチン設備は居間の一部に申し訳程度にあった。古いだけでなく、かなり狭苦しくもある。

三人で暮らすなら一軒家でも借りて引っ越そうということになった。

母親の知人宅の近くに、手頃な一軒家が空いているという情報を聞き、映美さんはすぐに飛びついた。

平屋の一軒家で、２ＬＤＫとまずまずの間取り。しかも今住んでいるアパートに比べたら広さも申し分なく、娘の学校から近いことも気に入った。その上家賃は一か月三万円と破格の安さである。

ただ、ちょっとばかり古いのが気になった。築五十年である。

「案の定、中を見させてもらったら、やっぱりかなりの古さで。しかも家中、至るところ黴だらけなんです。でも、ちゃんとお風呂はついているし、わりと街中にある物件だし、見送るには惜しい気がして……」

映美さんは悩んだ末、その家を借りることにした。すぐ横に千歳川《ちとせがわ》が流れる川沿いの立地だった。

千歳川は、支笏湖《しこつこ》を経て千歳市街を流れ、石狩川に合流する一級河川。魚や川エビが見えるほど透明度が高く、澄んだ水が魅力的な川である。

映美さん達は、とにかく家の中を少しでも綺麗にしようと大掃除をした。おかげで最初に比べたら、見違えるほどすっきりとした空間になる。

だが、ただ一箇所、リビングルームの白い壁に黒いシミが長く伸びているところだけは、どうにもできなかった。

拭いても拭いても、しつこい汚れはいかんともしがたい。

「でもまあいいかとなって、とりあえず引っ越したんです。近くに住む母や、もう独立していた息子にも手伝いに来てもらったりして、何とか無事に終わりました」

寺本と三人での生活が、新しい家で始まった。

娘に一部屋、寺本にも一部屋を与え、映美さんはリビングに布団を敷いて寝起きした。寺本の鼾《いびき》に閉口したという理由もある。とても同じ部屋で寝ることはできなかった。

最初はこれといって、変わったことはなかった。

ところが新居での生活を始めて二週間ほど経った頃、それは始まった。

「私はリビングの、黒いシミのある壁の前で寝ていました。そうしたらある晩、奇妙な出来事があったんです」

映美さんはそう言って表情を曇らせる。

いつものようにリビングでうとうとしていると、誰かがピシャピシャと右の頬を叩く。

ギョッとして目を開けた。赤ん坊である。男の子に見えたという。

赤ん坊は映美さんの右の頬を何度も叩いた。

ケラケラケラケラと笑いながら。

映美さんは思った。この子誰だろう。すると左手から、誰かが「やめなさいよ。やめなさいよ」と赤ん坊に言う。そちらを見ると、おかっぱ頭の女の子が座っていた。盛んに赤ん坊を制止しようとする。

なんだこれはと、映美さんは慄《おのの》いた。

小さな頃からいろいろな怪異を体験してきた。両親ともに霊的感度の高い人達で、その遺伝子のせいだろうと思っている。

薄気味悪い現象は二晩にわたって起きた。そしてそれを契機に、家の中で様々な異変が勃発するようになる。

たとえば、オルゴールが夜中に勝手に鳴り出したり。座っていると、何ものかが映美さんの頭や足をスッと触っていったり。

「その内、私、どうにも身体が重く感じられるようになってきて。太ったせいかなとも思ったんですが、どうも身体がしんどい、重いってなってきたんです」

そうした異変が続いた、ある晩のこと。

突然、娘の部屋から叫び声が聞こえた。テレビを見ているはずだった。映美さんが何事かと浮き足立つと、娘は金切り声を上げて部屋から飛び出し、居間に駆けこんでくる。

テレビのチャンネルを乱暴に変えた。こちらも緊張しながら「どうしたの」と聞くと、娘は血相を変えて「やっぱり違う」と叫ぶ。

「テレビに、ざんばら髪の女が映っているって言うんです。チャンネルを、変えても変えても映るんだって」

だがリビングのテレビを確かめると、ざんばら髪の女などどこにもいない。娘はパニックを起こし、それ以来、自分の部屋には行かなくなった。

「さすがに、これはまずいかもって、私も思いました。ちょっとただ事ではなくなってきたぞって」

だがそう思いはするものの、どうしていいのか分からない。映美さんは泥沼に足を捕られたような気持ちのまま、妙案が浮かぶこともなく、さらに日々を過ごした。

勤務する職場には、四十代の女性Xさんが新人として入ってきた。

その頃映美さんは、自分で調理や買い物をするのが困難な一人暮らしの高齢者などに、定期的に食事の配達をする福祉関連の会社に勤めていた。

映美さんはXさんと一緒に自身の担当区域を車で回り、利用者に弁当を届けながら彼女に仕事を教えるようになった。

とにかく毎日が慌ただしかった。

そんなある日のことである。

束の間の休日。映美さんはリビングで昼寝をしていた。

暑い夏の午後だった。

「そうしたら、突然背中をドンッ、ドンッ、ドンッて」

突き上げられた。

映美さんは驚いて目を見開く。

彼女の他には誰もいない。寺本も娘も外出していた。

一人きりのはずなのに、さらにドンッ、ドンッとすごい力で、映美さんは激しく身体を突き上げられる。

何だこれはと慄いた。自分は一体どうしてしまったのかと動転しながら、なすすべもなく身をすくめていると、やがてぞわぞわと寒気がし始める。

何度もえづいた。

震えながら、くり返しこみ上げる嘔吐感に懸命に耐えた。

これはまずいと危険を感じた。

立ちあがろうとした。だが必死に身を起こしても目眩がひどく、映美さんはそのたび、力なく床にくずおれる。それでも立ちあがろうとすると、何ものかが強い力で彼女を引っぱり、床にたたきつけた。

助けて。

声にならない声をあげた。

お願い、助けて。誰か。

恐怖の悲鳴は、しわがれたかすれ声にしかならない。

お願い。お願いだから。

誰か。

映美さんは七転八倒した。

とにかく寒い。立つことができない彼女は四つん這いで移動し、ストーブを焚いた。力尽き、ストーブの前にうずくまって震える。

「そうしたら、突然母が訪ねてきたんです」

――あんた。どうしたの。

娘の異変に気づいた母は、たちまち顔色を変えた。

とにかく寒いのだと訴えると、「こんなに暑いのに何を言っているの」と、その額に汗を滲ませたまま、映美さんに駆け寄って背中をさする。

風邪でも引いたのかと母親は案じた。だが映美さんは、そうではないと言って事情を説明する。

黙ってすべてを聞いた母親は、映美さんが話し終えると、硬い顔つきで言った。

「あんた。何かに取り憑かれたんじゃない」

ただ事ではなくなっている映美さんを心配し、介抱しながら母親は言った。

実はいやな予感がして、タクシーを飛ばしてきたのだと。

不安の萌芽は、映美さん達の引っ越しを手伝った時、すでにあった。母親はこの家の奥の暗がりに、一人の女が立っていることに気づいていた。

「でも、私達が怖がると思ったから言わなかったんですって。でもあの家、ちょっとやばくないかって、離婚した父とも話したって言うんですね」

そうか、やはり私は取り憑かれたのかと、母親に指摘されて映美さんは確信した。

背中に感じた、突き上げられるような激しい感覚。おそらくあの時、「そいつ」は身体の中に入ってきたのだろう。

いよいよ大変なことになった。

そう思った映美さんは、一緒に仕事をするXさんを思い出した。雑談の中で、映美さんはXさんの姪に霊能者がいると聞かされていた。

しかも、かなりの能力者だという。その証拠に私も命拾いをしたんだからと、Xさんは姪の異能について映美さんに語った。

大腸がんを患ったXさんは人工肛門をつけていた。

彼女が言うには先祖の因縁で、その家系は代々腸を悪くする人間が頻出しているのだという。だがそんな自分を、まだ年若いにもかかわらず霊能者の姪が、特異な力を使って最悪の事態から救い出してくれたのだとXさんは言った。本来ならもう、自分は死んでいてもおかしくない人間だったのだと。

映美さんはXさんに相談をし、姪だという霊能者に助けを求めようとした。Xさんは快く受け入れ、姪と映美さんを仲介してくれた。

まずは電話で相談をした。するとXさんの姪は「家の中の写真を、どの部屋も全部撮ってほしい」と映美さんに言った。

しかも、デジタルカメラではだめだという。

インスタントの使い捨てカメラで撮影し、プリントアウトしたものを持ってきてほしいと映美さんは言われた。

「デジカメで撮影すると、カメラが壊れてしまうからやめておいた方がいいと言われました。当時はガラケーだったんですけど、ガラケーでもだめだと」

映美さんはコンビニで二十四枚撮りのインスタントカメラを買い、さっそく家の中のあらゆるところを撮影した。

外に出て、家の外観も撮った。

カメラ店に現像を依頼し、できあがった写真を、翌日取りに行った。

「そうしたら、写っているんですよ。全部の写真に霊が」

映美さんは仰天しつつ、プリントされた写真を確かめた。

慎重に撮影したはずなのに、すべてピンボケ気味である。しかもそんな写真のすべてに、不気味な霊がぼんやりと写し出されている。

今でも忘れられないのは、娘の部屋を撮った写真。

部屋の窓。

カーテンの開いた隙間から、ざんばら髪の女が逆さになって写っていた。

「あとは、玄関にネクタイを締めた男が立っていたり。台所の窓に水滴のようなものがたくさん写っているんですけど、よく見たら全部人の顔でした。目と口しかないまっ黒の」

そして、映美さんは気づいた。

一枚足りない。一番最後に家の外を写したものがあったはずなのに、なぜだかそれが抜けていた。

ピンと来た。

「前に、カメラ店にちょっとだけ勤めていたことがあったんです。だから知識として知っていたんですけど、いわゆる『やばい写真』って、写真屋さんが抜いちゃうんですよ。破棄しちゃうんです。これは見せられないぞ的なものは」

映美さんは改めてゾッとした。

カメラ店から渡された写真は、いずれも不気味な心霊写真ばかり。

選り分けようとしてもそんな写真ばかりで、カメラ店でもどうしようもなく、渡さざるを得なかったのではないかと映美さんは思った。

だがそうなると、それでもカメラ店が渡すのを躊躇った最後の一枚には、一体何が写っていたのだろう。

悪霊　第一部「霊能者」

ある休日。

映美さんは写真の束を携え、霊能者の姪に指定された場所に向かった。

訪ねることになったのは、札幌市内某所のマンション。

その一室。

ただし、映美さんを出迎えたのは姪ではなかった。

「マンションには四人の男女がいました。みんな、Xさんの親族だという話でした」

映美さんは最初から、姪本人は対応できないと知らされていた。子育てが大変で手を離せず、現在、相談事への対応は休んでいるのだという。

その代わりにと、姪が紹介してくれたのがその四人だった。彼女が休みの間、代理として霊的な相談を受けているという話である。

「男の人が二人に、女の人が二人。みんな、四十代から五十代ぐらいでした。それぞれ、ふだんは仕事を持っていて、学校の先生だったり、役所に勤めていたり……専業主婦の人もいましたね」

四人の男女は週に一度、霊的な相談に乗っていた。Xさんの一族は、みんな霊能者ばかりなのかと映美さんは思ったという。

ところが、そうではなかった。

「不思議な話なんですけど、みなさん全員、その婭御さんから特別に力を与えられたんだそうです。つまり、元々霊能者だったわけではないと」

彼らはボランティアで人々の悩みを聞いていた。

基本的にお客は紹介制。無料で見る代わりに、自分達の存在はあまり広めないでほしいと、映美さんは言われた。

「部屋に入ると、私は最初から、歓迎されざる客みたいな雰囲気でした。私に微笑みかけようとしても、みんな引きつっているのが分かりました」

映美さんは、その日のことを思い出して苦笑する。「うーん、これは……」と、映美さんの顔を見ることさえ躊躇した人もいたという。

だが、とにもかくにも霊視鑑定は始まった。

マンションの一室で四人とテーブルを囲んだ映美さんは、持って来た写真を鞄から取りだす。

彼らの前に広げた。

全員が、のけぞるようにした。いやな顔になるのを隠そうともしない。

――うわ。目も合わせられない。

一人が言った。

――私も。これは見たくない。怖くて見れない。

そう言って拒絶する人もいる。

「そうしたら、リーダー的な感じの男性が『今年初めてだね。こんなにひどいのを見たのは』って呆れたように言いました。忘れもしません。すごく重い空気が、その場に立ち込めちゃって」

四人の男女は戸惑い、慄き、躊躇いながらも、映美さんの写真から現状を分析し始めた。

そして彼女は言われた。

髪の長い女が、あなたの身体に入り込んでいると。

「ああ、やっぱりあの時だってすぐに分かりました。あの休日の午後。ドンッ、ドンッと突き上げられるような感覚がした時に、私は化け物に取り憑かれたんです」

彼らによれば、化け物は川から来た。

千歳川。

美しい川で、鮭の通り道になるほど透明度の高い川ではあるが、地元民の一部の間では、結構頻繁に土左衛門があがる川としても知られていた。

川の源である支笏湖は自殺の名所、あるいは心霊スポットとしても名高い。

映美さんの家には、千歳川からうようよと様々な霊があがってきては棲みついていると霊能者達は言った。

おびただしい霊の巣窟になっていると。

「リーダー格の男性が写真の一枚を指さして、ここを見なさいって言うんです。この写真に三人の霊が写っているって」

それは台所の写真だった。

だが映美さんが見ても、ピンボケでよく分からない。

しかし霊能者は言った。三人の男が写っていると。そして真ん中にいるのが悪霊で、この霊が他の霊達を呼び寄せているのだと。

すぐに除霊をしなければということになり、お祓いが始まった。四人がかりで、とにかくいろいろなことをしてもらったと映美さんは回想する。

長い時間をかけ、お祓いが終わった。

だがこれで一件落着とはならないと、リーダー格の霊能者は映美さんに進言した。

とにかくその家はもう引っ越しなさいと。そうでなければ、何遍お祓いをしてもきりがないですよと。

「私、分かりましたって言って。マンションの部屋を失礼することになりました。で、『この写真、置いていきますね』っ言ったら、もう全員で『いやいやいやいや』って。完全拒否です。うちになんて置いておけない、自分で処分してくださいって。下手をしたら、こんな気持ちの悪いもの置いていくなよぐらいの扱いでした」

映美さんは家に戻る道すがら、やはり越すしかないのかなと思い惑った。

今の家に越してきてから、まだ三か月にもならない。

金銭的な負担や、また振り回すことになる娘を慮《おもんぱか》ると、正直気は重かった。寺本を説得するのも一苦労に思える。

ところが、そんな映美さんの腹は家に帰るなり固まった。

だめだ。

急いで越さなければ。

背筋に鳥肌を駆けあがらせて、彼女は思った。

リビングルームの白い壁。いつも寝起きする布団のかたわらにある黒いシミが、人の形になっていた。

影のようだった。

黒い影は映美さんに両手を伸ばし、じっとこちらを見つめていた。


(「悪霊　第二部」に続く)

高台の家

関東地方某県。

ある市の高台に、その家は建つ。

仲のいい女友達の家。

今から十年近く前。明梨《あかり》さんは友人の真紀さんを訪ね、よくその家に遊びに行った。

緑豊かに調えられた閑静な住宅街に、家はあった。明梨さんも真紀さんも、まだ二十歳を少し過ぎたばかりの頃だった。

「真紀の家って二階建てなんですけど、一階に廊下があって、突き当たりにバスルームがあるんです。廊下の左側にリビングとキッチンがあって、その奥がバスルームっていう感じですね」

明梨さんはそう説明する。

泊まりにいったある夜。リビングでは真紀さんの両親がくつろいでいた。

明梨さんは、煙草が吸いたいという真紀さんにつきあい、キッチンの換気扇の下で立ったままお喋りをした。

明梨さんの位置からは、廊下とリビングを隔てるドアが見える。

ドアには磨りガラスが嵌められていた。

真紀さんと話をしていると、その磨りガラスを、右から左へスッと通過する人影が見える。人影は黒い服を着ているように見えた。

真紀さんは両親と兄と四人で暮らしている。きっと真紀さんの兄が二階の自室から降りてきて、バスルームに向かっているのだろうと明梨さんは思った。

「そうしたら真紀が『明梨、お風呂に入ってきたら』って言うんです。だから私、いや、多分お兄ちゃんが入ったと思うよって。でも真紀が言うには、お兄ちゃんが降りてきたらうるさいから音で分かるって言うんです。絶対に降りてなんか来ていないって」

真紀さんはバスルームを覗きに行った。

するとそこは、彼女の言う通り兄などおらず、真っ暗なままだった。

確かめると、兄は二階にいた。

白いシャツを着ていた。

その家は、そういう家だった。

同じ地区には、明梨さんの母親が仲よくしている友人、Zさんもいた。

その地区は盆地になっているところと高台のところがあり、家々はそのどちらにも軒を連ねている。

Zさんの家は盆地の一角にあった。

彼女は、いわゆる「視える人」だった。

「だからいろいろと教えてくれたりするんですけど、Zさん、私の家に遊びに来た時に、自分が暮らす街のことを、あまり雰囲気が良くないって言ったんです」

明梨さんは調子を合わせて話をしながらも、真紀さん一家のことが気になった。

Zさんによれば、高台にある運動場は、かつて結核病院があった跡地にできたものなのだという。

当時の結核は今とは違い、不治の病だった。大勢の人が命を落とした。高台の住宅地は、そんな病院の跡地を街の中に包含していた。

「だから、場所によってはとてもよくない。ちょっと悪いのが今も『出る』のよって、Zさんは言うんです。だから私、えー、それは怖いなあみたいなことを言って、そのあたりに、実は友だちが住んでいるんですって話をしたんです」

するとZさんは明梨さんを気遣い、

――あっ……でも、本当に上だけよ？　盆地の方はそこまで悪くないから。

と言う。

だが真紀さんの家は盆地ではなく高台にある。しかも、かつては結核病院があったという運動場の近くである。

――あっ……えっと。

そう話すと、Zさんはなおも言った。

――高台って言っても、あのあたりに公園があるじゃない？　盆地の方から見上げて公園の右側だったら大丈夫よ。

明梨さんは言った。友人の家は、左側だと。

Zさんは困惑しながらさらに言う。

――でもね、大丈夫。あの、まあ究極……公園に面した家だとアレだけど、そうでなければ。

「えっ。面してるんですけどって、私言いました。そうしたらZさん、さすがにギョッとして、ええっ、面してるの？　って」

Zさんはその界隈の地理に精通していた。手前の家か、それとも奥の家かと明梨さんに聞く。

明梨さんは答えた――「奥です」

Zさんは叫んだ。

――奥！　あそこ私、一番あぶないと思ってるの。

真紀さんの家では、こんなこともあった。泊まらせてもらう時は、いつも真紀さんの部屋で、彼女のベッドの隣に布団を並べて寝た。

そんなある日の深夜。

寝苦しさに駆られ、明梨さんはふと目を覚ました。

ベッドを見ると、真紀さんがいない。どうしたんだろうと思った明梨さんは、ひんやりとした気配を足元に感じた。

そちらを見る。

真紀さんがいた。

明梨さんの足元に、横を向いて座っている。

窓から射しこむ月明かりが、真紀さんのシルエットを強調していた。横顔の一部だけが、ぼうっと青白く浮かんでいる。

「どうしたのって、私聞きました。こんな時間に何をしているんだろうって。でも反応がないんです。私、気味が悪くなって。ねえねえってさらに呼ぶんですけど、それでも彼女は反応しません」

明梨さんは戸惑いながら横を見た。

すると、真紀さんが眠っている。

えっと驚いて自分の足元をもう一度見ると、すでに真紀さんの姿はなかった。

翌日、明梨さんはそのことを真紀さんに話した。

だが真紀さんは半信半疑だ。眉に唾するような笑顔で明梨さんを見て、寝ぼけていたんじゃないのと言われて話は終わった。

ところが、それからしばらくして真紀さんから連絡があった。

彼女の自宅に遊びに来た恋人の男性が、明梨さんとまったく同じことを言ったというのだ。

明け方。

恋人の男性が目を覚ますと、ベッドに真紀さんがいない。

あれと思って布団に上半身を起こすと、足元に誰かいる。

真紀さんだった。

恋人と向きあう形になった真紀さんは、「どうしたの」と聞かれても何も答えず、じっと彼を睨み続けた。

何回呼んでも反応しない。

恐怖に駆られた恋人は、ふとベッドを見た。

真紀さんはそこで、死んだように眠っていた。

真紀さん達家族は、今もその家で暮らしている。

プリクラ

もう一つ、明梨さんが話してくれた。

同じ時期、明梨さんは真紀さんと遊びに行き、プリクラを撮った。明梨さんは片手でピースをし、真紀さんと写真に収まった。

ところが、できあがったプリクラを見ると、明梨さんがピースをする指が三本になっている。

なぜだか指が増えていた。

心霊写真が撮れちゃったと、薄気味悪く思いながらも、明梨さんは真紀さんと盛りあがった。おどけて、盛りあがるしかなかった。

その頃明梨さんは、腕や手に関する怪異が相次いでいた。

夜、コンビニで買い物をして帰る道すがら、中年男が闇の向こうから接近してくる。

腕が見えた。

ぶつかるかと思って避けようとすると、そこにあるはずの胴体がない。足もなかった。ただ片腕だけが、明梨さんのすぐ脇を通過して闇の中に消えた。

それと類似した奇妙な体験が、いくつも続いた。

そして、ピースをしたら指三本。

気持ちが悪いなと思いつつ、怯えている自分をごまかすかのように、明梨さんはSNSにピース画像を投稿したり、恋人に送信して話題にしたりした。

そんなある日。

常連として通っている整体院に顔を出した。

そこの院長もまた「視える人」だった。六十絡みの男性である。

明梨さんは冗談交じりに「ねえ、先生。見て見て」とタブレットを取り出した。タブレットには、例のプリクラを撮影した画像を保存している。

「こんな変なの撮れちゃったよって、先生にタブレットを渡しました。冗談ばかり言う先生なんで、また何かギャグでも言われるかなと思って反応を見ていたら……」

院長は言葉もなく、じっと画像を見つめた。

目を見開き、長いこと画面を凝視している。

「ちょっと異様な雰囲気でしたね。割と長い時間そんな風にしていて、これはどうしたものかなあと思っていたら、いきなり」

院長は言った。

――あ。なくなっちゃった。

明梨さんは「えっ？」と聞き返した。

すると院長は、笑いながらさらに言う。

――明梨。これ、俺がじーっと見たから、いなくなっちゃったよ。

そう言って、院長はタブレットを返した。

それを受け取り、画面を見た明梨さんは息を呑んだ。

真紀さんと撮影をしたピースのプリクラ画像。明梨さんの指は、三本ピースから二本に戻っている。

嘘でしょと思い、何度も見直した。だが、見間違いなどではない。ピースをするために伸ばしている明梨さんの指は、たしかに二本しかなかった。

「しかも、それだけじゃなかったんです」

明梨さんは言う。

あとで確かめると、プリントアウトされた写真の明梨さんも、二本の指を立ててピースをしていた。

三本目の指は、どこにもない。

そしてそれは、ＳＮＳに投稿した画像も、恋人に送った画像も、まったく同じだったという。

喜屋武岬

「霊感はないんですけど、不思議な体験ならたまにします。やっぱり沖縄出身だからじゃないですかね」

菜摘さんはそう言って笑う。

現在は中国地方某県で教師をしている。

「沖縄ってね、日常会話にさらっと霊体験を交えても奇異に映らない土壌があるんですよ。今は××県に住んでいますが、沖縄に比べると明らかに霊濃度が薄い感じがします。沖縄は霊感の強い人が多いっていうよりも、霊の数が多いんだと思います」

しかも強いですしね、霊が、と菜摘さんは言う。

「だから私、沖縄を離れてからは不思議な体験って、ぐっと減りました」

これからご紹介するのは、そんな菜摘さんの学生時代の話。

令和六年現在から、三十年ほど時間を溯《さかのぼ》る。

ある夏の晩のこと。菜摘さんはドライブに誘われた。

学生仲間の友人であるAさんが軽自動車を中古で購入し、夜のドライブをみんなで楽しまないかという話になったのだ。

メンバーは車の持ち主である女性Aさんと菜摘さん、二人の友人であるもう一人の女性Bさんと、Bさんの恋人である大学の後輩男子C君だった。

どこに行こうかという話になり、Bさんが「喜屋武岬《きやんみさき》はどう？」と提案した。

喜屋武岬は、沖縄本島のほぼ最南端に位置する断崖絶壁の岬。

那覇空港から車で四十分ほどの距離で、太平洋と東シナ海の分岐点に当たり、両方の海域を見渡すことができる。

平和の塔（喜屋武灯台近くにある慰霊碑）がある場所としても有名だ。

「喜屋武岬に行くのは、小学校の遠足以来でした。昼間の明るい印象が強いところだったんで、まあいいかなと、のほほんとついていったのを覚えています。そもそも沖縄南部なんて、太平洋戦争の時は激戦地だったので、そんなことを気にしていたら夜遊びなんてできませんしね」

四人はAさんの運転で夏の夜のドライブに出発した。菜摘さんの定位置は助手席。カップルの二人は後部座席でイチャイチャとうるさかった。

車の中は、終始賑やかだった。だが喜屋武岬に近づくにつれ、菜摘さんは次第にいやな気分に襲われはじめる。

住宅街を抜けると、突然闇が深くなった。

空気が重くなったことにも気づく。

「まずいな」と思った。だがみんなは変わらず、楽しそうである。しらけさせるようなことは言えなかった。

「しばらくすると、膝から下が凍えるほど冷たくなってきて。『あれ。いつの間にエアコンなんてつけたんだろう』って思ったんですが、なんで足元だけ冷たいんだろうって」

だがAさんは、エアコンなどつけていなかった。どうしたんだろう、寒い寒いと一人で寒気を持てあましていると、とうとう耳鳴りが始まる。

やはりまずい、これは心霊関係だと、菜摘さんは確信した。

勇気を出してみんなに言うべきではないかと思ったものの、臆病だと思われるのも癪だった。

なおも、我慢した。

しかし岬に到着し、車から降りてみると、出むかえた空気はやはり凶暴極まりない。

——ねえ。やっぱりここ、やばいんじゃない？　早く帰ろうよ。

菜摘さんはみんなに言った。

だがカップルの二人は、すげなくそれを却下する。菜摘さんはやむなく、すさまじい耳鳴りと一人で闘った。

「岬には、下に降りることのできる場所もあって。Bちゃんが『ここって夜のダイビングとかも有名で、すごくきれいらしいよ』なんて景色と海を絶賛して。C君と二人で降りていったんですけど、正直私はそんな二人にもちょっと引いたり、こんな怖い夜の海でよくダイビングなんてできるなって、ダイバー達にもあきれたり。とにかく一人で震えていました」

その時だった。

突然、視界の端に黒くて丸いモノがポツンと現れる。

菜摘さんは驚いた。おかしいな、どうしたのだろうととまどいながら、何度も目をしばたたかせる。だが、黒くて丸い奇妙なものは、ポツン、ポツン、ポツンと、菜摘さんの視界をどんどんいっぱいに塞いでいく。

菜摘さんは後ずさりながら周囲を見わたした。これはいったいどういうことだと悲鳴をあげたくなる。奇妙な丸いものが、無数の点のように喜屋武岬の光景を黒く、不穏に切り刻んでいく。同時に耳鳴りも、こらえきれないほどになった。

ようやく、菜摘さんは気づいた。

霊だ。

これら黒丸の、一つ一つが霊だった。このまま視界を完全に覆われたら、ただではすまないことになると本能的に察した。

「もう恥も外聞もなかったですね。『帰ろう。ここはやばい』って一人で大騒ぎして。みんなは、遠路はるばる遊びに来たのにって文句を言ったり、人を弱虫扱いして笑ったりしていましたが、こちらはそれどころじゃありません。こんなところからは一刻も早く立ち去らなきゃって、もうそれだけでした」

仲間達は菜摘さんの訴えに折れ、帰ることに決めた。

車に乗り、エンジンをかけて方向転換をすると、前照灯がはっきりと、平和の塔を夜の闇の中にライトアップした。

塔には献花や供物の缶コーヒーなどがあった。

物見遊山で、夜なんかに来てはいけない場所だったのだと、菜摘さんは、考えの浅かった自分に怒りを覚えたという。

「少しずつ視界の黒丸が消えていきました。しばらく走っていると、あんなにひどかった耳鳴りも、膝下の冷たさも少しずつ解消されて。すべてがもとに戻っていきました。私はようやく逃げきれたことを確信し、やっとの思いでひと息つきました」

家に帰った菜摘さんは、喜屋武岬に行ってきたと母親に話した。

母親は喜屋武岬のある糸満の出身だ。

強く叱責された。

あそこは戦争中、おびただしい数の住民達が、追いつめられてやむなく飛び降りていった場所なのだと、強い口調で母親は菜摘さんを叱った。

夜は危険な場所になることで有名なのだとも、母親は言った。

地元の人間は絶対に夜になんか近づかない、なにを考えているのだと怒られ、菜摘さんは改めて自分の行いを反省した。

喜屋武岬の平和の塔は、地元に住む人々が集落や周辺の海岸に散在する兵士や住民の遺骨一万あまりを拾い集め、名城ビーチの西海岸に建立した「平和の塔」を昭和四十四年に移転・改修したもの。

菜摘さんの母親も、当時、遺骨を集める作業に参加した一人だった。

「今でこそ、ネットで喜屋武岬と検索すれば、心霊スポットとして有名だってわかりますけど、当時は知らない人は知らないレベルだったと思います。若さって怖いですよね」

菜摘さんはそう言って苦笑した

ちなみに、三十年ほど前のその夜。

Bさん達カップルが降りていったのは、荒崎海岸の付近だった。

そのあたりは「ひめゆり学徒隊」が自決をした場所。「ひめゆり学徒散華の跡」の碑も近くにある。

旧盆三日目の夜

菜摘さんから聞いた話をもう一話。

一九八〇年代半ば頃の話だという。

「私が大学生だった時、沖縄にあるX大学の学生達から、自主映画の撮影に協力してほしいという依頼が来たんです。映画の中に絵画が出てくるんですけど、その絵の制作をお願いしたいという話でした」

当時の菜摘さんは芸術系の大学に通っていた。彼女は同じ大学に通う男子学生と二人、映画製作に参加することになった。

X大学からは、キャスト、スタッフ合わせて七名が参加していた。女性は、ヒロイン役の女子大生が一名、スタッフが一名いた。

八月のお盆の時期。撮影隊一行はロケ地に向かった。選ばれたのは、沖縄県うるま市に属する離島。与勝《よかつ》諸島の一つである、浜比嘉島《はまひがじま》だった。琉球開闢《かいびゃく》の女神アマミキヨ（アマミチュー）が降臨したと伝えられる神聖な島。アマミキヨが男神シネリキヨ（シルミチュー）とともに、島で子孫を増やしたのが琉球の始まりだと言われている。集落には今も拝所《うがんじゅ》（神を拝む場所）や御嶽《うたき》（聖域とされる空間、祈りの場）が点在し、この島が神とともにあることを私達に教えている。

島の二つの集落では、現在も半農半漁の暮らしが営まれる。集落の狭い小道には、昔ながらの石垣や赤い瓦屋根の家並みなど、沖縄の原風景ともいえる景色が残り、島の周囲は七キロほど。今でこそ沖縄本島と海中道路（海上に橋が伸びていて、四方を海に囲まれた道路）で繋がれているが、当時の移動手段はフェリーのみだった。

「島では二軒の空き家を借りて、映画の撮影が行われました。広いほうの家が、機材置き場兼男子の寝室。小さい方の家が撮影用として使われ、夜は私達女子の寝室にもなりました」

菜摘さんはそう当時を回顧する。

浜比嘉島は、不思議な島だった。

とにかく空気中の霊濃度が高い。散歩をしていると左半身がビリビリと痺れ、何ごとかと思って目をやると、草むらの中に小さな石碑が隠れている。そんなことが日常茶飯事だった。

風葬（空葬とも呼ばれる。人間の遺体を火葬や土葬ではなく、自然の中に安置して時間とともに自然に還す葬送法）の跡も残っており、洞窟の入口付近には骨壷が放置されていた。不謹慎なスタッフが面白半分に蓋を開けると、匍匐植物《ほふくしょくぶつ》の生えたドクロが出てきたこともある。

「夏真っ盛りの時期でしたけど、島の人達は、暑い夜には涼を求めて海岸で飲んだりすることもあるんだそうです。でもそんな時には、帰りに海で死んだ死者がついてくることもあるんですって。そういう時は『あまんかいけーれー。たっくるさりんどー（あっちへ行け）』と怒鳴って追い返すんだと聞きました」

浜比嘉島は、島人達がそんな話を当たり前のようにし、聞いた方も自然に納得してしまうような環境だった。

こんなこともあった。

撮影のために借りたのは、二軒ともいわゆる古民家だ。

「沖縄の古民家って玄関がなくて。正面は雨戸を開けると柱だけ。人々は庭から出入りするんです」

家に向かって、右から一番座、二番座、三番座と呼ばれる座敷があり、もっとも重要なのが、真ん中に当たる二番座。正面に、作り付けの仏壇がある。

本土の仏壇と違って扉はなく、壁の上半分のほとんどが仏壇エリアとなっていた。

まさに家の中心だ。

「それと、離島では庭や道に南国特有の白い砂が敷きつめられています。植栽は塀沿いのみ。庭の砂は一日おきぐらいに、寡黙なおじいさんが竹箒でならしに来てくれて、神社の境内のように美しい景観でした」

また、撮影用兼女子の寝室として使った古民家のトイレは木造汲み取り式で、庭の三番座側に設置されていた。トイレに電気は通っておらず、夜利用する時は、懐中電灯持参だったという。

「でもね、トイレを利用するたびに、どうしてなのか懐中電灯が消えちゃうんです。しかもいきなり消えるんじゃなく、ボウッと光が強くなったり弱くなったりということを何回か繰り返して、静かに消えていくんです。これは、私だけじゃなく他のメンバー達も経験しました。不気味でしたよ。でも、あそこにいるといつの間にかみんな慣れてしまって。そんなものだと受け入れて過ごしていました」

不思議なことは、日常の中に当たり前のように紛れ込んでいた。

そんな、ある晩のこと。

旧盆三日目の夜だった。

一日の撮影が終わり、食事もすんで寝ることになった。菜摘さん達女性陣は二番座を寝室として使い、三番座に頭を向け、川の字になって寝ていた。年齢的に一番年下だった菜摘さんが、仏壇側に布団を敷いた。

「ところが、その晩に限っていつもと空気が違うことに気づいたんです」

菜摘さんはその夜のことを思いだして言う。

おかしい。

何かが違う。

とてもではないが、じっと寝てなどいられなかった。他の女性達に頼み、場所を変わってもらった。仏壇側から、映画でヒロインを務めるAさん、その隣がスタッフのBさん、仏壇から一番離れた場所に菜摘さんの順である。

改めて布団に横になった。

強い耳鳴りに苛まれる。

だが同時に、引きずりこまれるかのような睡魔にも襲われた。やれやれ、ようやく眠れると、菜摘さんは深い眠りに落ちかけた。

その時だ。

「いきなり金縛りに襲われました」

ギョッとして、慌てて目を開けた。

見知らぬ中年男が、覆いかぶさるように身体の上にいる。

田畑とともに生きる、日に焼けた農民の風貌に見えた。男は菜摘さんの身体に乗り、彼女を左右に揺らしている。

「私、パニックになってしまって。隣のBさんに助けを求めようとしたんですけど、気づいてくれません。どうしよう、どうしようと思っている内に、どんどん身体を揺らされて、しまいには幽体離脱っぽくなって」

まずいと菜摘さんは焦燥した。

このままでは霊魂が抜けてしまうと、咄嗟に般若心経を唱える。

観自在菩薩　行深般若波羅蜜多時
助けて。

照見五蘊皆空　度一切苦厄　舎利子
起きて。気がついて。お願い。

色不異空　空不異色　色即是空　空即是色
誰か。誰か。

般若心経が功を奏したのだったか。

菜摘さんは力ずくで金縛りを解いた。

だが金縛りはすぐに再開する。菜摘さんは声にならない悲鳴をあげ、もう一度、金縛りの恐怖と一人で戦った。

「今度は農民風の男は現れません。でも私、明らかに霊魂が抜けかけていて、腕を上げようとしたら、腕が四本にもなってしまうんです」

三本目、四本目の腕は霊魂の腕だと思った。

必死にそれらを肉体の腕に引っかけようとするものの、うまくいかない。菜摘さんはまたしても強い恐慌状態に陥った。どうしたらいいのだろうと恐怖に慄きながら、見るともなく、またも隣を見た。

真ん中で眠っているはずのBさんの姿がない。見えるのは、仏壇の近くに横たわっているAさんだけだ。

うー。

うー。

Aさんは苦しそうにうめきながら、肩を上げて寝返りを打とうとした。

菜摘さんは驚いて目を見開く。

Aさんの肩に何かあった。

凝視する。

手だ。

何者かの右手が、Aさんの肩をつかんで後ろに引っぱっている。思い通りに動けないAさんは、なおも苦しげなうめき声をあげた。

菜摘さんは思いがけない光景に驚愕しながら、もう一度隣を見た。

今度はBさんがいる。

Bさんは菜摘さんとAさんの間で、平和そうに目を閉じて静かな寝息を立てていた。

菜摘さんはBさんを起こそうとした。

そして気づく。

Bさんと自分の布団の間に、何かがあることに。

悲鳴をあげそうになった。

左手だ。

先ほどの右手と対らしき左手が、手のひらを上にしてごろんと畳に転がっている。

「悲鳴をあげたいのにあげることもできません。私は咄嗟に、怒りをぶつけることができれば助かるかもしれないって思って。霊魂の右手を拳骨にして、すぐそこに転がっている左手を思いっきり叩きました」

すると、ようやく金縛りが解けた。

幽体離脱も収まり、勢いよく起きあがると、Aさんも同時に飛びおき、号泣した。Aさんもまた、今この部屋で起きたことをしっかりと認識していることは明らかだった。

ただ一人、Bさんだけが寝ぼけ眼のまま事情を飲みこめずにいた。

もうこんなところにはいられないと、菜摘さん達は男子の寝泊まりしている古民家に避難した。

Aさんはそこでも泣き続け、何があったのか語ろうとしなかった。ようやく落ちつきを取りもどしたのは、夜が明け始める頃だったという。

「やっと冷静さを取り戻して、いろいろと喋ってくれました。彼女も私と同じように金縛りに遭い、一瞬だけ解けたもののまた始まったんだそうです」

Aさんは寝返りを打って、Bさんや菜摘さんに助けを求めようとした。ところがなぜだか肩をつかまれ、引き戻されるような感覚に襲われて、どうしてもうまくいかなかったのだという。

そんなAさんの耳に届いたのは、誰かが般若心経を唱える声だった。ゾクッとするような気を感じ、Aさんは仏壇の方を見た。

ワンピース姿の老婆がいた。

仏壇に向かって端座をしている。

老婆には両手がなかった。

「同じ怪奇現象に遭遇しても、見え方って人によって違うんですね」

菜摘さんは言う。

あとで分かった話だが、菜摘さん達が利用した古民家は、かつて一人暮らしの老婆が住んでいた家だった。

だがその老婆は、様々な事情からうまく成仏できていないのではと、集落では噂されていた。

そのため、島人も夜は決して、屋敷に近づかない。

屋敷を管理する島の責任者も、女性は霊的能力が高いからこの屋敷には寝泊まりさせない方がいいと、事前にクルーを仕切る男子学生に伝えていたのだが、彼は受け流してしまったのだ。

ちなみに、旧盆三日目の夜を境に、菜摘さんらが寝泊まりしていた古民家のトイレは、懐中電灯が消えることもなくなった。

墓の見える学校

伽耶《かや》さんとは、「喜屋武岬」などの話を聞かせてくれた菜摘さんの紹介で知りあった。菜摘さんと同様、かつては教員をしていた。二十年勤めた教職を離れ、現在は某ジャンルのセラピストとして活躍中だ。

「もうずいぶん前の話ですよ。私が教員に採用され、最初に勤務した学校でのできごとです」

そう断って、伽耶さんは沖縄本島のある高校で体験した話を聞かせてくれた。

「沖縄って、戦後は焼け野原になったわけじゃないですか。そしてその後は、アメリカの基地とかも入ってきて……」

人々の暮らしは、太平洋戦争を境に大きく変わった。

住む場所も変更を余儀なくされれば、新しく作られる学校も、それまでのようなわけにはいかない。

山の上の辺鄙な場所だとか、あまり人が住めないようなところに平気で作られた。事情を知らないナイチャー（内地人）が見たら「どうしてこんなところに学校が？」と疑問に思うような場所に、幾多の学校が建造されたんですと伽耶さんは言う。

事実、彼女が最初に勤務した高校も、教室の窓から見えるのは一面、墓地だった。

「山の斜面にある学校でしたから、二階の教室からだと見渡すかぎりお墓なんです。でも事情は分かっていますから、いやだとか怖いだなんて言っていられません」

伽耶さんはそう当時を回顧する。

学校の敷地内には拝所もあった。拝所と書いて「うがんじゅ」と読む。聖域を前にして拝む場所のことである。

もともと拝所のあった場所に学校が建ったのだ。

平日でも、地域の人々であったりユタであったりといった人々が突然姿を現し、拝みの儀式をするようなことも日常茶飯事だった。

ちなみにユタとは、鹿児島県・奄美群島と沖縄県における祭祀で、重要な役割を果たす民間呪術師。

琉球弧《りゅうきゅうこ》には、ノロとユタという神事を司るシャーマンがいる。

現代の仕事に例えるならば、ノロはそもそも琉球王国の公務員だったシャーマン。十五世紀半ばから、一五〇〇年ほど奄美を支配した琉球王国における女性神職が起源で、世襲制である。一方のユタは民間の霊媒師を言い、人々の悩みごとの相談に乗るなど、琉球弧の人々にとっては欠かせない身近な存在だ。

話を元に戻す。

前述のような事情から、沖縄にはそうしたユタや、地域の人々が定期的に出入りをして拝みに来るような学校も結構多いのだという。

「でも、そういう場所が敷地内にある学校だと、ちょっと勘の強い先生が病気になってしまうとか……あるいは逆に、そういう場のエネルギーが功を奏してとでもいうんですかね。不思議なぐらい出世していく先生もいたりするんです」

ただ、伽耶さんが長いこと見てきた限りでは、場所のエネルギーが強すぎるあまり、うまくいかずに学校を長期休暇せざるを得なくなる教師の方が多かったという。

沖縄では「倒される」という言い方をするそうだ。

事件は、そんな学校で起こった。

赴任して一年目の夏。

その学校は、夜になると守衛が宿直で泊まるシステムだった。

そんな守衛がある時、階段から落ちて亡くなった。翌日、朝練に来た生徒が遺体を発見した。

階段から転げ落ちたような格好で、一階の廊下で絶命していた。

生徒はみなパニックになった。これはまずいとＰＴＡが中心になり、ユタに頼んでお祓いの神事などまでした。

亡くなった守衛は伽耶さんとも顔なじみで、彼女もおおいにショックを受けた。だが生徒達の手前、いつまでも動揺してもいられない。

必死に平静を装い、教師として務めを果たす日々を送った。

そして何とか、赴任一年目を終える。

校内で人が死亡するというショッキングな事件も、ようやく少しずつ過去のものになり、風化していくかに思えた。

ところが、それは始まりに過ぎなかった。

春になって訪れた新年度とともに、恐怖の幕が開いた。

新たに受け持ったクラスの教室は、例の階段のすぐ横だった。だが伽耶さんは、あえて深く考えずにやり過ごした。

――先生。ちょっと来てくれ。

そんなある夜。

職員室に残って仕事をしていた伽耶さんは、戸口から顔を出した守衛に言われた。前任者が亡くなってからやってきた守衛である。

守衛は困ったような顔つきで伽耶さんを見た。

「え、どうしたんですかという話になって。そうしたら守衛さんが言うには、どうもまだ校内に生徒が残っているようだと」

伽耶さんは、同じように残って仕事をしていた同僚の女性教師と顔を見合わせた。

時刻を確かめる。もう九時だ。いくらなんでもあり得ない。だが守衛は、本当にいるんだと言って譲らない。

「『えー、そんなことないよー』って私達は言うんですが、守衛さんは『いや、とにかく来て』と。『僕が戸を叩いても笑って聞かないから先生が帰してちょうだい』って言うんです」

中にいるのは女生徒らしいので、うかつにドアを開けることもできないと。

伽耶さんと同僚教師、守衛は連れ立って職員室を出た。

先導する守衛についていく。守衛が伽耶さん達を案内したところは、昨年夏、前任者の守衛が転落死した階段だった。

つまり、すぐそこに伽耶さんのクラスの教室がある。

守衛が「ここです」と指さすのは、二階へと続く階段の側面に引き戸のある、倉庫のようなスペース。

生徒達が放課後に、ある部の部室として使っている小部屋である。

「私、守衛さんにうながされて部室の引き戸の前に立ちました。まさかこの部室だとは思っていなかったので、平静を装いながらも、とくとくと心臓が激しく鳴り出したのを覚えています」

一緒にやってきた同僚教師も、場所が場所だけに緊張しているのが分かった。目が合うと笑ってみせはするものの、その笑顔はかなりぎこちない。

「引き戸は全面板張りで、中の様子は分かりません。でも、わずかに見える引き戸の隙間からの感じでは、部屋の明かりが点いているようには見えないんですよね。私、『やっぱりいないんじゃないですかー』なんて軽口をたたきながら、ドアを小さくノックしました。そうしたら」

――キャキャキャ。

伽耶さんはギョッとした。

たしかに中から、少女のものとおぼしき笑い声がする。

しかも、複数。

伽耶さんは守衛を見た。守衛は「ほら、嘘じゃないでしょ」という顔つきで伽耶さんを見る。伽耶さんは、今度は同僚教師を見た。

同僚の顔は引きつり、後ずさりをしている。

「いや、ちょっと逃げないでと思いながら、私は同時に『落ちつけ、落ちつけ』って自分を叱って。今度はさっきよりちょっと強めにドアをたたいて、中の子達に言いました。『ちょっと。まだいたの。もうこんな時間だよ。なにをやっているの』」

伽耶さんの声はちょっぴりうわずり、震えていた。

――キャキャ。

すると、また中から少女らしき笑い声がする。

——キャキャキャ。

だがその声は、どこかに薄気味悪いものも孕んでいる。伽耶さんの背筋を鳥肌が駆けあがった。

「私、かなりうろたえてしまって。『開けるよ』って叫ぶと、部室の引き戸を横に滑らせようとしました」

ところが、引き戸は動かない。

鍵がかかっていた。

中に誰かいるはずがないことを三人は知った。

「同僚教師が理科の担任だったので、『なんていうの、こういうの。残響？　なんかよく分からないけど、残っていた音が笑い声に聞こえたのかもしれないねー』なんて笑ってごまかしながら、私達、その場を離れました」

伽耶さんは守衛と別れ、同僚と職員室に戻ってきた。二人とも、仕事はまだ終わっていなかったのに、どちらもそそくさと帰り支度をしながら、

——やばいね。

——うん。やばい。

——絶対やばいよね。やばい。

互いの顔を見ることもなく、ブツブツと言いつつ荷物をまとめ、逃げるように電気を消して職員室を後にした。

どう考えても、それがきっかけだったとしか思えなかった。

その後、健康そのものに思えた担当クラスの女生徒が、健康診断で引っかかり、くわしく検査をしたところ、腎臓に重い病気を抱えていることが判明した。

そして今度は伽耶さん自身に小さな癌が見つかり、職場を離れなければならない事態になる。

担当するクラスの生徒達にも、次々に「禍《わざわい》」が出た。

彼らもまた犠牲者だったのか。二人の男子生徒が立て続けに骨折事故に遭遇し、他にも怪我人が出た。

クラスは騒然とした。

不幸が続くのは、例の階段横にある伽耶さんのクラスだけなのだ。

「さすがにこれはまずいなと思って。無事に手術が終わり、学校に復帰した私は、その年の暮れ、教室とその周りのお祓いをしました」

ユタに頼る方法も考えたが、結果的に自力でお祓いをした。沖縄に伝統的に伝わるやり方で教室に結界を張り、酒と塩を使って必死にその場を浄化した。

効果があったのだろうと、今でも伽耶さんは思っている。

その後はただの一人も怪我人が出ることはなく、伽耶さんはクラスの生徒達を無事に進級させることができた。

腎臓に病気が見つかった女生徒も予定より早めに退院することができ、笑顔で学校に戻ってきたという。

窓から墓の見える学校で、その後も伽耶さんは長いこと教鞭を執り続けた。

だがその学校に在籍している間、彼女が例の階段に近づくことは、その後ほとんどなかったらしい。

悪霊　第二部「薬剤師」

映美さんは寺本、娘と三人、新しい家に引っ越した。

盂蘭盆会《うらぼんえ》も近い時期だったため、お盆の前には何とかしなきゃと思い、必死に物件を探したところ、手頃な道営住宅（北海道が供給する公営賃貸住宅）を見つけることができた。

四階建てぐらいの団地がずらりと並んでいるようなところ。

そこならすぐに入居できると分かり、彼女達はそこを新たな家に決めた。

部屋は、ある棟の二階。

間取りは2LDKだった。

その頃すでに両親は離婚していたが、父親が癌を患い、入退院を繰り返していた。映美さんはそんな父の看病のため、病院と家、仕事場を行ったり来たりしながら、慌ただしい生活を送るようになった。

そんな時だった。

寺本の人格が、おかしくなり始めた。

「出会った頃はおとなしい人だったんですけど、暴言を吐くは暴力を振るうようになるはと、目に見えておかしくなり始めたんです」

寺本のＤＶ（ドメスティックバイオレンス）はどんどんエスカレートした。

暴言や暴力だけでは飽き足らず、映美さんは携帯電話を取られたり、乗っていた車を勝手に売却されてしまったりと、寺本の行動は目に余るほどひどいものになりだした。

父親が逝去したのは、そんな風に寺本のＤＶに翻弄されている時期だった。

映美さんの父が亡くなると寺本の暴力行為はさらに残虐性を増し、ついには映美さんの娘にまで手を挙げるようになった。

「そうこうしている内に、私にも身体に異変があって。とにかく腰が痛くてしかたがなくなったんです。左の足を引きずって歩かなきゃいけないようなすごい痛みが、絶え間なく続くようになりました」

父親を亡くした失意や寺本の暴力への悩みを抱えながら、映美さんはいくつもの病院を訪ねた。

だが、どこに行っても「異常なし」の診断が下される。どうしてそんなに痛いんだろうねと、診察をした医者達すべてに首を傾げられた。

最後に訪ねた病院の医者も同じ診断だった。

その頃には、痛くて痛くて、歩くことすら困難になり始めていたが、骨にもどこにも異常はなく、痛みの原因は医学的に説明がつかないという。

「でも、何も出さないわけにもいかないと思ったんでしょうね。一応湿布と痛み止めを出しておきますからって言われて、病院の隣にある薬局に薬を取りにいきました」

薬局まで行くのも一苦労だった。

だが映美さんは、腰の痛みに耐えて薬局に入った。受付をすませ、待合室のソファに座って名前を呼ばれるのを待つ。

だが、薬局は混雑していて、なかなか順番は回ってこない。

映美さんはまいったなと、亡くなった父や寺本のこと、迷惑をかけてしまっている娘のことなどをとりとめもなく考えながら、時間が経つのを待った。

「そんな時でした。一人の薬剤師さんが調剤室で仕事をしながら、じっとこちらを見ていることに気づいたんです」

六十代ぐらいに見える男性の薬剤師だった。

映美さんが自分に気づいたことを知ると慌てて視線をそらし、仕事に集中しているふりをする。だがその視線は、いつしか再び映美さんに戻った。そんなことが、二度、三度と繰り返される。

「何だろう、変な薬剤師だなって思いました。でもこちらも腰は痛いし、頭の中はいろいろなことでいっぱいだし、それ以上深く考える余裕もなくて」

やがて映美さんは名前を呼ばれ、若い女性薬剤師の説明を受けて支払いを終えた。

やれやれと思いながら、痛む身体をなだめつつ、薬局から外に出る。

すると、誰かに声をかけられた。

振り返ると、例の男性薬剤師が彼女を追って外に出てきている。

薬剤師は同情するような笑顔とともに、映美さんに近づいた。周囲に誰もいないのを確かめ、そっと小声で彼女に言う。

――かわいそうに。

映美さんは「えっ？」と聞き返した。

薬剤師は先ほどより大きな声で、映美さんに言う。

――あんた、かわいそうにね。でもね、大丈夫。絶対に何とかなるから、あきらめないでがんばりなさいよ。

それだけだった。

薬剤師は映美さんに一礼し、小走りに薬局に戻っていく。

一人になった映美さんは左足を引きずるようにしてゆっくりと歩きながら、その場を離れようとした。

今のは一体何だったのだろうと、眉をひそめる。ただ待合室で薬を持っていただけなのに、なぜあんなことをあの薬剤師は言ったのだろう。

映美さんはしばらく、考えながら歩いた。

やがて。

――あ。

ようやく気づいた。なるほど、そういうことか。あの人は視える人なのだと。

つまり私は、また取り憑かれてしまったのだ。

悪霊　第二部「龍神」

　再び何かに憑かれたらしいと確信した映美さんの生活は、その後ますます運気が落ち始めた。

　仲良く交流していた友達が離れていってしまったり、車のスピード違反で立て続けに二回も捕まったり。それまで順調に行っていたことが、あれもこれもと、なぜだか一斉に歯車が狂い出した。

「他にもとにかく、いろいろとありましたよ。なぜだかうちだけ、インターネットが繋がらないとか」

　料金を滞納しているわけでもないのに、どういうわけかネットを使えなくなった。

　ＮＴＴに相談し、エンジニアに原因を調査しに来てもらうと、映美さん達の暮らす家だけ、回線が切断されているという。

周囲には、他にどこもそんな家はない。

しかも原因はまったく分からない。

霊の仕業に違いないと、映美さんは思った。それを証拠に、またその頃から、映美さんが寝ていると部屋の床に平気で人の生首が転がるようになった。

奇妙な物音にも悩まされる。

「毎晩のようにね。ドーン、ドーンって聞こえるんですよ。壁を叩く音なんです」

最初は、隣の住人がいやがらせをしているのではないかと映美さんは訝った。だが寺本や娘に聞くと、そんな音はまったく聞こえないという。

いよいよおかしなことになってきたと、映美さんは悩んだ。

ある時などは車を運転し、赤信号で止まっていたところ、信号が青に変わるや、向かい側で信号待ちをしていた車がいきなり進路を変え、映美さんの車に猛スピードで突っ込んできたこともある。

先方のドライバーが驚き、間一髪のところで急ブレーキをかけたので事なきを得たが、ドライバーもどうしてこんなことになったのか分からないと、映美さんに平謝りだった。

しかもそういうことが、二度、三度と続いた。

ただ事ではなくなっていた。

その上、今度は寺本だ。

DV行為がひどくなってきていた寺本は、いよいよ家にお金を入れなくなった。

しかし、出ていくお金は問答無用で容赦なく出ていく。寺本が入れなくなった分、映美さんが補填しなければならなかった。

健康体ではなくなっていたが、無理をして仕事を増やした。

映美さんは自分に取り憑いているらしい化け物に悩みながら、複数の仕事を掛け持ちして働いた。

「どうしようって迷ったんですけど、今度は別の霊能者さんに相談してみようと決めて。ネットを使っていろいろな人を探しました」

そんな映美さんが、この人ならと期待を寄せたのが、大阪在住の女性霊能者Eさんだった。Eさんはブログをやっていた。彼女のブログで情報を得た映美さんは、期待と不安を胸にコンタクトを取った。

Eさんは快く、相談に乗ると請け負ってくれた。

次の休みの日を待って、映美さんは電話をした。Eさんは、挨拶をする映美さんに明るく応対すると、こう言った。

——それにしてもあなた、すごく霊感強いわね。

「いや、そうでもないですって言ったんですけど。Eさんは『だってあなた、見えてるでしょ』って言うんですよ。私には分かるって。いろいろ大変でしょ、みたいな感じで」

映美さんは恐縮しながら相談を始めた。

事ここに至るまでのあらましをざっくりと話す。彼女の話が終わると、それまで黙って聞いていたEさんは、開口一番、こう言った。

——あのね。あなたの後ろに、髪の長い女がいるの。それと、ざんばら髪の女もいる。

映美さんは「あー」と、ため息交じりに返答した。

やはりそうか。

化け物は、映美さんについて新居にまで来ていたのである。その事実を知り、映美さんは絶望的な気持ちになった。

Eさんに電話をしたのは自宅からだった。スマホを耳に当てながら、映美さんは薄気味悪さに慄き、部屋の中を見回した。前の家で始まった恐怖の日々は、今なお現在進行形だったのだ。

だが同時に映美さんは、Ｅさんの能力の凄さにも感嘆した。

映美さんは、どういう化け物が家の中に現れたり、取り憑かれたりしたのか、ただの一言も話していなかった。

それなのにＥさんは、ズバリ言い当てた。

「しかもＥさん。憑いているのはその女達だけじゃないとも言うんです」

映美さんは言う。

「私の左側の足にね、三人の子供がぶら下がっているんですって。ええ、痛くて引きずっていた方の足です」

でもね、とＥさんは言葉を続けた。

「この子供達は、あなたとはまったく関係がないと。一体どこで憑いちゃったのかなって、不思議そうに言うんです」

映美さんは、さらに詳しく事情を説明した。

実は今の家に引っ越す前には、これこれこういう家に住んでいた。現在へと続く怪異の発端は、その家に住んだことから始まったのだと。

さらに詳しく状況を理解したＥさんは、霊視に入った。

――あのね。

やがて、Eさんはまた口を開いた。

Eさんによれば、やはり怪異は千歳川と関係があるという。千歳川流域には、かつてアイヌ民族のコタン（集落）があったはずだとEさんは言った。

「千歳川では鮭が採れたりするんで、アイヌの人達がコタンを設けて住んでいたらしいんです。でもある時、そこで小さな戦争みたいなものが発生して、アイヌ同士で命を奪い合うようなことになってしまったと。場所の取り合いで」

その戦いで、大勢の人が亡くなった。

そうした御霊が、今も千歳川にたくさん沈んでいるのだとEさんは言う。

そして、映美さんが以前寺本や娘と住んでいた家は、戦争の跡地にあると。たくさんのアイヌが命を落とし、無惨な死体が累々と積み重なった、そんな忌まわしい場所で、あなたは寝起きしていたんですよと。

霊は霊を呼ぶ。

同じ波長で結びつく。

だから川から、新たな霊があがってきた。

次から次へと、映美さんの家にやってきた。

「どうしてか分かるかって聞かれました。どうして私に憑いてしまったかって。理由は二つあるとEさんは言いました」

まず一つ目の理由。

それは映美さんが強い霊感を持っているから。

霊達は、霊感を持つ生者に助けを求めて取り憑こうとする。こいつなら自分に気がついてくれる、何とかしてくれるとすがる気持ちでその人の身体に寄生する。

二つ目の理由。

Eさんによると、映美さんの過去世はアイヌと関係があるようだ。そうした縁も、選ばれた理由の一つのはずだとEさんは説明した。

「だからね、そこに住んだのは偶然じゃないのって言われましたよ。あなた、呼ばれたのよって」

思いもよらないEさんの説明に、映美さんは驚くしかなかったという。

とにもかくにも、どうしてこんなことになってしまったのか、理由は分かった。

だが問題は、ここからだ——「では、どうしたらいいのか」。

Eさんは言った。

まず、三体の子供の霊を引っ剥がすのが急務だと。

憑いている女も、こちらから念を送って応急処置的に剥がすと。だが、それはあくまでも急場しのぎ。時間が経てば、また取り憑かれるのは目に見えている。

そこで——。

「あなたに龍神を送るってEさんは言いました。龍神様が、私を四十九日間守ってくださると言うんです」

Eさんに感謝しながらも、映美さんは首を傾げた。

龍神を送ると言うが、一体どういうことなのか。龍神は一体どんな風に、自分を守ってくれるのだろう。

期待と不安に苛まれながら待つこと数日。

Eさんからの郵送物が届いた。

荷解きをすると、中から現れたのは和紙でできた人型と水晶のお守りだ。

「四十九日間、人型をリビングに置いてくださいとEさんに言われました。その人型には私の魂が入っているから、そちらに霊達が取り憑くように仕向けると説明されました。

四十九日経ったら封筒に入れ、川に流してくださいということでした」

ところが、肝心の龍神らしきものは見当たらない。

そもそも龍神が、郵送物の中に一緒に入っていると思っていたわけではないが、では一体Eさんは、どうやって龍神をこちらに送ろうというのだろう。

よく分からなかった。だが映美さんは、とにかく藁にもすがる思いで、和紙の人型をリビングに置いた。

しかし置いてはみたものの、別段これといった変化はない。あとは、ああしなさいこうしなさいと特別何かを命じられていなかった映美さんは、本当にこれで大丈夫だろうかと心配になりつつも、普段通りの暮らしをしようとした。

家には、父の位牌を祀る仏壇を設けていた。

父を亡くして以来、映美さんは朝な夕なに仏壇に飾った遺影と位牌に手を合わせる日々を送るようになっていた。

「私はその日もいつものように、仏様に線香をあげようとしました」

使用していた線香は、あまり煙が立たないものだった。映美さんは線香と蝋燭に火を点し、仏壇の父に手を合わせた。

すると――。

映美さんは驚き、目を見張った。

いつもと煙の出方が違う。

線香から朦々と白い煙が立ちのぼった。

いつもなら、虚空に吸いこまれて消えていくはずだった。

だが、煙は消えない。

消えないどころか、上昇した煙はゆっくりと、天井の近くで渦を巻き始めた。

映美さんは唖然としたまま、それを見あげた。

渦巻く煙は時を追って大きさを増し、家の中をうねりながら移動し始める。

龍だ。

映美さんは龍を見た。

我ここにあり――巨大化した龍の煙は、映美さんを安心させようとでもするかのように、なおも家中をうねって旋回した。

ゆっくりと。ゆっくりと。

「ああ、本当に龍神様っているんだなって、私、感動しちゃって。手を合わせたまま、家の中を流れる巨大な煙をずっと見あげていました」

龍神の霊験はあらたかだった。やがて腰の痛みが嘘のように治り、映美さんが左足を引きずることはなくなった。

家の中で生首を見ることもなくなれば、次から次へと襲いかかってきていたトラブルの嵐も、映美さんの周囲から潮が引くように去っていった。

「四十九日が経ったので、言われたとおり人型を封筒に入れて川に流しました。腰の痛みはもちろん、女の霊達も今度こそ去っていってくれたように感じられ、本当にありがたかったです」

映美さんの生活は、ようやく平穏さを取り戻した。

ただ一つ、不思議なほど人格を変質させてしまった寺本の奇行を除けば。

寺本の暴力行為や暴言は、さらに異常さを増していた。

映美さん達家族だけでなく、近所の人とも次々とトラブル起こし、いろいろな人と一触即発の状態にまでなっている。

いくら映美さんが尻拭いをし、謝って回っても埒があかなかった。日に日に肩身の狭い思いを、母も娘も強いられるようになった。

娘はすでに、高校生になっていた。紆余曲折はあったものの、ここに引っ越しをしてきてから、三年ほどが経っている。

「でも、これはもうだめだねっていうことになって。娘が通う高校が近くにあったり、いろいろと便利な環境だったんで、できれば引っ越しなんてしたくなかったんですけど、結局私達は、その家からも去らなきゃならなくなりました」

ここで引っ越しをしなかったら、あんな目に遭わなくてもすんだのにね——映美さんは私に、自虐的に言って苦笑した。

映美さん達家族に取り憑いた化け物の物語は、まだ続く。

（「悪霊　第三部」に続く）

ゼネコン

フリーライターとして禄を食む満智子さんに聞いた。

「私の昔の交際相手って、国立大学工学部と大学院を出て、まあまあ大きなゼネコンに勤めていたんです。だから必然的に、周囲の人達はみんな理系ばかり。もちろん本人も、オカルト話なんて全然信じていなかったんですけど」

信じる信じないは関係がなかった。

実際問題、会社の仕事で道の大木を斬り倒すようなことがあると、プロジェクト責任者の子供が急死したりする。

「みんな信じていないものの、実際に現象が起きる」ことは事実なため、実はその会社では、お祓いなどの神事や事業計画の中止変更などは、日常的に「ある」という。

供養

不思議な話ですがと山村さんは言う。

「今から二十年近く前、義父が末期癌で亡くなりました。そうしたらその三か月後に、今度は主人に癌が見つかって」

しかも、夫に思わぬ病気が見つかる前後には、まだ幼かった長男が霊障に悩まされる事態も勃発した。

山村さん達夫妻は霊能者に頼った。

「主人は次男で、私達は分家なんですが、霊能者の方がおっしゃるには、主人の家のご先祖様方が、私達のところにたくさんいらしていると。しっかりと供養したほうがいいですよってアドバイスをされました」

それを契機に、山本さん達はご先祖様に毎日欠かさず手を合わせるようになった。

そのことも関係したのだったか。それとも、夫の病気がまだ初期段階だったせいだろうか。結局癌は転移することもなく、夫は助かった。

そして、その後再発することもなく現在に至っているという。

「義父の兄弟は、病気や戦争で亡くなった方がとても多かったんです。義父は五男だったんですけど、そんな理由から最終的に本家の跡取りになって……」

ご先祖様がたくさんいらっしゃるのには、そんなことも関係しているのかもしれませんねと、山村さんは言う。

ちなみに、現在山村家の住まいのある場所は、かつては戦場だった。

当時小学生で霊障に悩まされた長男は、甲冑姿の武士達が馬に乗ってあたりを駆け回る姿を何度も目撃した。

夜中に目が覚めると、寝室で眠る父親（山本さんの夫）の周囲を、甲冑姿の武者達四人が、じっと座って見守っていることもあったという。

「そんな長男も、中学生になった頃から徐々に視える力がなくなって。今はもう三十代ですけど、視えることはまったくなくなったみたいです」

現在も山村家では、ご先祖様への供養を欠かさない。

また、神棚はもちろん台所の神様などにも、毎日真摯に手を合わせている。

数年前、町は大水害に襲われた。だが、山村家の家屋は低い土地にあるにもかかわらず、なぜだか被害に遭わなかった。

「やっぱり、守っていただけているのかもしれないですね」

山村さんは不思議そうな笑顔で、私に言った。

御眷属拝借

祐子さんの家では、数年前から三峯神社で「御眷属拝借」をしている。

三峯神社は埼玉県にある関東屈指のパワースポット。

奥秩父山塊の大自然を満喫できる標高約一一〇〇メートルの高所にあり、物見遊山気分で訪れるにはいささか敷居の高い、静謐な氣が境内いっぱいに満ちている。

ピリッとしている。

ちょっとした秘境感とともにある神社は一一一年、日本武尊《やまとたける》が東征の際に造営したと伝えられ、山伏《やまぶし》の修行道場として栄えた。

変わっているのは使い神、いわゆる御眷属がオオカミであること。オオカミはオイヌサマと称されるが、日本武尊が道に迷った際、その危機を救って道案内をしたのが白いオオカミ（山犬）だったことから、オオカミが祀られるようになった。

「御眷属拝借」とは、そんなオイヌサマを御神札として一年間拝借し、地域や家族のご守護を祈る神事。

祐子さんの家族も「御眷属拝借」でお借りしたお札の霊験に守られながら、日々の暮らしを営んでいる。

これは、祐子さん達家族が初めて三峯神社を訪ねた時の話。

隣家から陰湿な嫌がらせを受け、絶え間ないトラブルに悩んだ末、祐子さん達は三峯神社の「御眷属拝借」にすがることにした。

「夫、私、息子の三人で訪ねました。まさに気分は、憑き物落としのためにという感じでしたね。神社の境内にある宿坊に一泊して、翌朝に御祈祷を受けるというスケジュールでした」

祐子さん達は、昼過ぎに現地に到着。

奥宮まで登拝してから下山し、チェックインをした。

部屋に通され、家族で一息つこうとした、その時だった。

「いきなり地震が起きました。とっても大きな地震でした。荷物を置いて窓の外を眺め、景色がいいねなんてみんなで言っていたら、突然部屋が思いきり揺れたんです」

地震だ、でかいぞと夫が叫んだ。

祐子さんはテーブルにしがみつき、夫と息子も手近にあったものにつかまって、大きな揺れになすすべもなく慄いた。

長い地震だった。大地震という言葉さえ脳裏をかすめる。

大変なことになったと祐子さんは思った。揺れが収まると家族はテレビをつけ、それぞれのスマホをチェックする。

「ところが、待てど暮らせどスマホにもテレビにも、地震速報が入りません。あんなに大きかったのに、まだ速報が入らないなんて変だねなんて言いながら、私達はテレビのチャンネルを変えたり、スマホの検索をしました」

ところが、地震速報はいつまで経っても入らない。

どうやら自分達が地震に遭遇したその時間、世の中に地震など起きてはいなかったらしいという事実を、祐子さん達は突きつけられる。

「私達はみんなで、今の経験を言葉にして話しあいました。ところがよくよく確認してみると、主人と息子は私とはちょっと違う体験をしていました」

祐子さんは、部屋全体がガタガタと激しく揺れたと感じた。

だが夫と息子はそれだけではなく、何かが天井を走り回っているような激しい音もうるさいほどにしたという。

音も振動も凄かったのだと。

「結局、何だったのか分からないまま、私達は翌朝素晴らしい御祈祷を受け、帰路に就きました。後々調べたり、聞いて回ったりしたところによれば、宿泊者の部屋にはオイヌサマが様子を見に来るらしいとか、騒音はオイヌサマが憑き物を追いかけ回している音ではないかといった感じで、私達と似た体験をしている人が、結構いたんです」

もしかしたら、私達もオイヌサマが悪いものを追い払ってくれたのかもしれない――祐子さん達はそう話をし、ようやくこの件は一段落したという。

誰か一人の体験であれば、気のせいだろうと言われてしまうかもしれない。だが祐子さん達は、家族みんなで不思議な怪異に遭遇した。

祐子さんは言う。

「まさしく、三峯の霊験あらたかな奇跡だったんだと、今では思っています」

郵便局

香奈さんは、いつ話をしても不思議な女性だ。もうすぐ不惑を迎えるが、とてもそうは見えない。

キャラクターとしては完全な「姉御」。人妻どころかとっくの昔に母親でもあるのだが、いつもどこかに少女のようなイノセントなものを感じさせる。自分で仕事をしており、かなりのやり手でもある。

そんな彼女と話していて、いつも「香奈さんらしいな」と思うことがある。

結婚するまでには、香奈さんにもそれなりの恋愛遍歴があった。だが彼女は、そうした関係にあったすべての男性と、今でも友人として繋がっている。

すべての男性と、だそうだ。もちろん色恋などいっさいなしで。これって、ちょっとすごくないだろうか。

この話は、そんな香奈さんの元カレの一人、Kちゃんに関係するエピソードだ。

「Kちゃんと交際していたのは、今から二十年近く前。Kちゃんの実家で同棲をしていました。彼のご両親と四人暮らしでしたね」

香奈さんはそう言って明るく笑う。

「だから、Kちゃんのお父さんとお母さんにはずいぶんお世話になったんですよね。Kちゃんは一人っ子だったから、ワイワイできて嬉しいなんてすごく歓迎してもらって」

だがKちゃんとの同棲生活は、一年ほどで終わりを迎えることになる。

書いた通り、香奈さんはたとえ男女の関係が終わっても、人としてのつきあいは精算しない。

その後もずっと、Kちゃんとは友人同士としてつきあいが続いた。だが、Kちゃんの両親と会うことは、もうなかったという。

ご両親――とりわけお母さんには娘のように可愛がってもらったのにと、その後も時々香奈さんは、当時を思い出してはKちゃんの母親を懐かしがった。

Kちゃんが家庭を持ったことにより、しばらくの間、Kちゃんとも疎遠になった。しかしまた二人は、交流を再開するようになる。

「そんなある日のことでした」

今から三年前の、十一月のある日のことだそうだ。

「Kちゃんと私の共通の知人である女友達の家に、小さな息子を連れて遊びに行きました。お昼頃でしたね」

だが香奈さんには、どうしても郵便局の窓口に行かなければならない用事があった。女友達の好意で子供を見ていてもらえることになった香奈さんは、すぐに戻るからと謝って彼女の家を出た。

自分の車で、郵便局に向かった。

郵便局ならすぐ近くにあるからと、前もって場所を教えられていた。香奈さんは言われたとおり大通りに出ると、目を凝らして車を走らせた。

だが、どういうわけか郵便局が見当たらない。

「あれ、おかしいなって思って。一年という短い期間ではあったけど、Kちゃんと一緒に暮らした街は、私自身が暮らした街でもあったんです。ずいぶん前のこととは言え、土地勘はあるつもりだった。それなのに」

郵便局が見当たらない。どう考えても通りすぎたとしか思えないところまで来てしまい、香奈さんは通りを引き返した。

しかしUターンをしても、やはり見当たらない。郵便局はどこなのだ。香奈さんは眉をひそめた。

「私の記憶でも、そのあたりに郵便局があったことは間違いないんです。でも、同じ通りを往復して確かめたにもかかわらず、どこにもない。え、どうしてって思ったけど、面倒になった私はネットで検索して、別の郵便局に向かうことにしました」

香奈さんはスマホの地図を頼りに、その界隈から離れ、車を飛ばした。検索して見つけた郵便局へと急ぐ。

すると、見覚えのある家並みが広がりだした。

あれ、あれ、と戸惑っているうちに、気づけば車は、昔懐かしいKちゃんの実家近くにまで辿り着く。

決して意図したわけではなかった。

だが香奈さんがネットで見つけた郵便局は、かつて一年ほど暮らした家から五十メートルもないところにあるものだった。

「ええっ、変なのって思いながら、信号待ちをしました。そうしたら前方の路肩に、見覚えのあるオデッセイが停まっていたんです」

それは、その頃にはもう見かけることも少なくなっていた旧型のオデッセイ。Kちゃんと交際をしていた当時、彼が乗っていた型だった。

だがその頃のKちゃんは、実家から三十分近くも離れた場所に住んでおり、家にはほとんど顔を出さなくなったと香奈さんは聞いていた。

「だからKちゃん、久々に実家に来ているのかな、なんて思ったんです。そうしたらまた、彼のお母さんのこととか、いろいろと懐かしく思いだしてしまって」

信号待ちをしながら、香奈さんは往時を懐かしんだ。

同棲をしていたあの頃。

Kちゃんが仕事で留守にすると、香奈さんは大音量で音楽を鳴らしながら部屋でゴロゴロしていることがあった。

すると、そんなところに入ってきては「ごめんね。ちょっと洗濯物干させてね」と、母親は柔和に笑った。たまにバッチリと化粧を決めると、なぜだかいつも、スカイブルーのアイシャドーを塗っていた。可愛がってくれた母親の、くるくるとよく変わる表情も、声も、鮮明に覚えていた。

「信号が青に変わりました」

香奈さんは車を発進させる。

オデッセイの横を通過すると、その先にある郵便局の前で駐めた。急いで局に飛びこみ、用事をすませる。五分ほどで外に出た。

オデッセイは、もういなくなっていた。

どうしようと、香奈さんは逡巡した。久しぶりにKちゃんの実家を訪ねてみようか。だがさすがに、躊躇われるものがある。家族の一員として受け入れてもらえていたあの頃から、ずいぶん時が経っていた。

「だけど、どうしてもそのままにできなくて。私、その場でKちゃんにＬＩＮＥを送ったんです」

今、Kちゃんの実家の近くにいるのだけれど、オデッセイを見かけたと彼女は連絡した。

ほどなく、Kちゃんから返信が来た。

母親の告別式の帰りだったと、知らされた。

オデッセイは、やはりKちゃんのものだった。亡くなった母親の遺骨を、実家に送りに来たところだったという。

ああ、そういうことだったのかと、香奈さんは思った。

「二回も同じ道を通って、あれほど注意して郵便局を見つけようとしたのに見つからなかったなんて、今考えても謎です。だからあれってやっぱり、Kちゃんのお母さんが私を呼んでくれたんじゃないかなって」

後日。

香奈さんはまた、同じ大通りを車で走った。

郵便局は当たり前のようにそこにあった。

見落とすことなど考えられない建物を見ながら、香奈さんはまた、Kちゃんのお母さんを心で思った。

悪霊　第三部「みたび、始まる」

映美さん達が次の住居に決めたのは、伯父夫婦の家だった。

すでに伯父は亡くなり、長いこと伯母が一人暮らしをしていた一軒家。その伯母も介護施設に入ってしまい、空き家になっている。

「ここがまた、すごかったんですよ」

映美さんはそう言って、第三の家について語り始めた。

家の名義人は伯父夫婦の息子。つまり従兄の男性だった。

従兄は快く貸してくれたが、

――別にいいけど、出るぞ、ここ。

そう映美さんに釘を刺した。

たしかにそうかもしれないと、映美さんは思った。寺本と二人、家の下見に訪ねた時から予兆はあった。

年季こそ入っているものの、申し分のない物件なのではないかなどと言いながら、映美さんは寺本と家の中を見て回った。

すると、ある部屋を見ていた時、壁に飾られていた大きな時計が、いきなり寺本のすぐ後ろに落ちて壊れた。

「いやな予感はしましたよ。でも、これはきっと古くなり過ぎて、いつ落ちてもおかしくない時計だったんだよなんて、自分達に言い聞かせたりして」

だが「出るぞ、ここ」と言われても、従兄に詳細を確かめるのははばかられた。何しろ相手は、格安の家賃で面倒を見ようとしてくれている。

近隣住民と寺本とのトラブルに辟易し、少しでも早く引っ越し先を決めたかった映美さんは、見切り発車同然にその家を借りた。

そこそこの広さを持つ、縦に長細い家だった。

一室だけ、二階にも部屋がある。

その土地には、映美さん達が借りた鰻《うなぎ》の寝床のような家と向きあう形で、アパートがあった。アパートには四軒の家が入居している。

映美さん達の家とアパートの間には伯父達が造成した花壇があり、花壇の前には広いスペースがあった。

映美さん達の家とアパートは、ほぼ同じ長さである。

「それからすぐでしたね。やっぱり、また始まってしまったんです」

最初に異変を訴えたのは娘だった。

リビングのソファでうたた寝をしていたら、いきなり身体の上を、ドス、ドス、ドスと人が歩いていったという。

「それからしばらくしたら、久しぶりに訪ねてきた息子が『いや、お母さんさ』って、声を潜めて言うんです。息子には、引越しの時にまた手伝ってもらったんですけど……」

映美さんの息子は言った。

――実を言うとさ。赤い服を着たおかっぱ頭の女の子が、引っ越しの日にベランダから家の中を覗いていたんだよね。

最初は近所の子供なのかと思ったという。

だがもう一度確かめようとすると、そこにいたはずの女の子の姿はない。遠ざかっていく後ろ姿も、どこにも見当たらなかった。

「『ねえ、この家もさ。ちょっとやばいんじゃない？』って言うんですよ。娘からも不気味な話を聞いた後だったんで、私、うーんって唸ってしまって」

映美さんがまた腰をやられたのは、それからしばらくしてのことだった。

寝床に横たわっていると、上からドーンと何かが落ちてきた。それが何だったのかは、今もって分からない。だがそれは、すごい勢いで映美さんの背中に落ちた。

ぐきっ。

いやな音がした。

映美さんは気絶するぐらいの痛みに襲われ、動けなくなった。

「それからですね。次から次へと、またいろいろと不可解な現象が多発するようになっていきました」

長細い家の脇にはこれまた長細いベランダがあり、昼間だとその向こうに花壇が見えた。

ある休日、昼寝をしていると、なんだか妙に暗い。どうしたんだろうとベランダを見ると、たくさんの死人が窓にへばりついていた。

また、こんなこともあった。

泥棒に入られ、危険を感じた映美さん達は家に監視カメラをつけ、外の映像をテレビ画面で確認できるようにした。

人が通るとそのあたり一帯にライトが点るようにもする。

すると、ある夜中。

……ジャリ、ジャリ、ジャリ。

外で誰かの気配がする。人が歩くと音が聞こえるよう、外には砂利を敷いていた。誰かが通っているのであれば、感知ライトが点くはずだ。

だが、点かない。

それなのに。

……ジャリ、ジャリ、ジャリ。

何者かがそのあたりを歩いている音だけがする。

「それとうち、ラブラドール・レトリバーっていう大型犬を飼っていたんですけど、あれは夜の七時ぐらいだったかな。もう結構暗かったんで秋だったと思うんですけど、ある時急にうー、うーって唸って。ものすごい勢いで吠え出したんですよ」

それは、尋常ではない吠え方だった。

その時家には、映美さんと娘がいた。どうしたんだろうと心配になり、二人は監視カメラの映像をテレビの画面に映し出す。

ところが、何も映らない。

……ジャリ、ジャリ、ジャリ。

……ズル、ズルズルッ。

音だけが。

……ジャリ、ジャリ、ジャリ。

……ズル、ズルズルッ。

砂利を踏みしめる音と、何かを引きずるような音だけが聞こえる。

ラブラドールは、なおもすごい剣幕で吠えている。

「何よこれって、二人で怖くなって。犬もそんなに鳴くのは初めてだったし、どうしていいのか分からなくなりました」

だがパニックになりながらも、一つだけ、確信していることがあった。

間違いなく、来ている。

やばいものが、またここに。

「窓から入られたら困るので、娘と手分けして窓という窓の鍵を、全部点検して回りました。効果があるのかどうか分からないけれど、とにかくそんなことでも、しないよりはマシだと大慌てで」

やがて、ようやく犬が大人しくなった。よかった、これはいなくなったということだなと、映美さん達が一安心しかけたその時だ。

ドドドッ。

えっ。

ドドドドドドッ。

ええっ？

家の裏手にある風呂場の方で、ドアを激しく叩くような凄まじい音が、突然鳴り響きだした。二人は悲鳴を上げ、家の外へと逃げ出したという。

「あと、こんなこともありました。日中、私は家の中に一人でいたんですけど」

……ゴオオオッ。

奇妙な音が遠くから聞こえる。

何だろう。風の音かなと映美さんは思った。

……ゴオオオオオオッ。ゴオオオオオッ。

だがその音は、だんだん大きくなってくる。もしかしてこちらに近づいてきているのではと慌てていると、いきなり何かが音を立てて家に激突し、地震でも来たかと思う激しさで建物が揺れた。

何事かと思い、揺れが収まると映美さんは外に飛び出した。

しかしそこにあったのは、いつもと変わらないごく平凡な日常の風景。

血相を変え、いきなり駆けだしてきた映美さんを、小さな男の子がアパートの窓から、きょとんとした顔で見ていたという。

悪霊　第三部「寺本」

ここもまた、安心して暮らせる家ではなかったらしいと重苦しい気持ちになりながら、映美さんはまたも、相談相手を求める日々を過ごした。

そんなある日のこと。

ラジオを聴いていると、札幌のローカル番組に、ある女性占い師がゲストとして出演していた。

興味を覚えながら聴き続けたところ、その占い師は仲間達と心霊現象に関わる相談などに乗っていて、困っている人の力になっているという。

「心霊などで悩んでいる人は気軽に連絡くださいって、ラジオで電話番号を公開したんですよ。私、慌ててメモして、後で電話をしたんです」

その占い師はとても親切だった。

映美さんが悩みを相談すると同情し、友人の霊能者と、彼女の許を訪ねることを約束してくれた。

それから三日も経っていなかった。

占い師は友人だという霊能者を伴い、わざわざ札幌から、千歳市にある映美さんの家にやって来た。

映美さんと同年代らしき占い師が連れてきたのは、六十代の男性だった。

A先生と言った。

A先生は、映美さんを見るなりこう言った。

——あんた、腰痛くない？

詳しいことは、まだ占い師にも話していなかった。ズバリ言い当てた霊能者に、映美さんは慄く。

A先生は言う。

——実はね。こっちに来る途中で、ものすごく腰が痛くなって。ああ、これは何かあるなと思ったんですよ。

その通りなんですと、映美さんは答えた。

ここまでの事情をA先生と占い師に説明する。この家で体験したことを、映美さんは必死に思い出してはつぶさに語った。

A先生と占い師の女性は黙って最後まで聞いていた。映美さんの説明が終わると、A先生は「あのね」と言い、憐憫に満ちた目つきで彼女を見た。

――僕じゃ無理だわ。

A先生は言った。

「僕じゃ手に負えないってはっきりと言われました。これ、あなたの先祖だけじゃなくて、旦那さんの先祖も関わっているって。そういったものを全部紐解いていかないと解決しない問題だから、僕じゃ無理。他を探してくれって言うんです」

ただし腰の痛みと、映美さんに憑いている何体かの霊は祓っておくからとA先生は言い、その処置だけはしてくれた。

A先生によれば、その昔、寺本家の先祖は今でいうお役所勤めで、刑場の首切り役人（介錯人）の仕事をしていた人がいるという。

そんな先祖の因縁や、首を斬り落とされた者どもの怨念を、映美さんの夫となった寺本は、全部背負ってこの世に生まれてきているのだと。

たしかに映美さんは寺本家のことを、何やらいろいろと業の深そうな一族だとは思っていた。

寺本の実家は米農家だが、とにかく水子が多い。

また、かつては家の敷地内にお稲荷さんの祠があったが、家の建て替えをした時に取り潰してしまい、それからさまざまなトラブルに見舞われたという話も、映美さんは寺本から聞いていた。

「水子やらご先祖様の供養やらは、寺本のおばあちゃんが一手に担ってやっていたらしいんです。多分、あまり人には言えないご先祖のことも、分かっていたのかもしれませんね。でも、そのおばあちゃんも亡くなってしまって。A先生がおっしゃるには、供養する人間がいなくなった寺本家の祖先やら何やらが、私を求めているんだと言うんですよ」

――だからあんたね。今の男と別れない限り、事は解決しないし、こんなことを言うのもなんだけど……殺されちゃうよ。

A先生は声を潜め、映美さんにそう忠告したという。

先生のヒーリングは効果覿面《てきめん》だった。

取り憑いていた化け物達をみな本当に祓ってくれたらしく、施術をされたその日には、嘘のように腰の痛みがなくなった。

だが、根本的な問題は何も解決していない。

さて、これからどうしたものかと途方に暮れていた映美さんの元に、何日かすると、また A 先生から連絡があった。

「実はね」と、A 先生は改めて、いろいろと映美さんに話をした。映美さんと直接会った時、実は A 先生には映美さんの身体がよく見えなかったのだという。

――身体というより魂がね。

A 先生は言った。家に帰った A 先生は、改めて映美さんを霊視し直し、彼女の魂を覆う不気味なもの達を一つ一つ祓っていった。

長いことそんなことを繰り返す内、ようやく映美さんの真の姿が見えるようになってきたのだと、A 先生は彼女に語った。

――すごいね。あなたは、本当に魂が綺麗な人なんだっていうことが、いろいろなものを祓って分かったよ。そしてね、もう一つ、分かったことがあったの。

そう言って先生は、思いも寄らなかったことを映美さんに告げた。

「先生が言うには私って、前世で先生を助けたことのある命の恩人なんだって言うんですよ。だから、今世であなたの相談に乗ることになったのは偶然じゃないって。だから僕にできることがあれば、可能な限り手伝うからって言ってくれたんです」

映美さんは意外な展開に驚きながらも、A先生の申し出に感謝した。

先生の約束は、空手形ではなかった。

一度化け物に取り憑かれたことで憑かれやすい体質になってしまっているので、霊能者に頼るより、自分で何とかできるようにした方がいいからと、本来ならそれなりの金額が必要となるレイキヒーリングを、A先生は無料で伝授してくれた。

過去の恩返しだと言って。

「ありがたかったですよね。でも、またいろいろと話してくれたんですけど、正直眉唾ものに感じられる話もあったんです。どこまで信じていいのか半信半疑だったというか」

たとえば、A先生は寺本の実家のことについても言及した。

寺本の実家が米農家だということは先に記した。その家業は、寺本の弟夫婦が継いでいた。弟達は二世帯住宅で、寺本の親と暮らしている。映美さんから見ると、羨ましくなるほど仲のよい夫婦だった。

「でも先生は『この人達、離婚するから』って言うんです。そして離婚をしたら、今度はあなた達にお役が回って来るよって。でもあなた、絶対に寺本家に入っちゃだめだからねって。殺されるよって。本当に殺されるよって」

先生に心配してもらえるのはありがたかったが、さすがに映美さんもこの件については「いや、それはないだろう」と考えた。

義弟夫婦に限って、離婚など普通に考えたらあり得なかった。

ところが、それから一年後。

弟の嫁は子供を連れ、家を飛び出した。霊能者が予言した通り、弟夫婦の暮らしは呆気なく崩壊し、実家には寺本の両親と弟だけが残された。

「そうしたら、私のところに電話がかかってきました。そのお嫁さんから。映美さんに話したいことがあるって」

何事かと思いながら、映美さんは電話で話をした。すると弟の嫁は、思いがけない話を映美さんにした。

寺本の弟もまた、家庭内暴力の常習犯だった。夫の暴力に耐えられなくなった嫁は鬱病を発症し、家を飛び出す道を選択した。

弟の嫁が涙ながらに言うには、寺本の実家にもたびたび霊能者が出入りをし、家族の相談に乗っていた。

そんなある時、その霊能者は義弟の嫁に、こっそりと言った。

――ここは、女の人は育たない。いちゃいけない家だよ、女の人は。

弟の嫁は霊能者のそんな言葉も思い出しながら、泣く泣く家を後にしたのだという。

「だから農家としての女手は、寺本のお母さん一人になってしまって。お母さん、一人でがんばるようになったんです。でも、結局」

母親も、ある日突然急死した。

――ここは、女の人は育たない。いちゃいけない家だよ、女の人は。

義母の訃報に接した映美さんの脳裏には、弟の嫁から聞いたその言葉が、怖《おそ》れとともに蘇った。

悪霊　第三部「最後の戦い　陰陽師」

親身になって忠告してくれたA先生の言葉を思い出しながらも、映美さんはどうすることもできず、無為に日々を過ごした。

寺本の実家は、寺本と映美さんの力を必要とする事態になっていた。

だが映美さんは、

――寺本の家に入っちゃったら、あんたほんとに殺されるよ。

しつこいほどに言われたA先生の言葉が気になった。

二つ返事で快諾するには勇気が要った。しかも、それより何より肝心要の寺本との仲が、修復不能なほど劣悪なものになっていた。

またしても寺本の暴力は、病的な酷さを増すようになった。

母親への暴力行為を見かねた映美さんの娘が警察に通報し、パトカーがやってきたこともある。

するとますます、寺本はオーバーヒートした。「お前の娘、ぶっ殺してやる」と興奮し、家のものを次々と破壊した。

とにかく娘だけは守らなければならない。

そう考えた映美さんは、当時もう大学生になっていた娘を、自分の母親の元から学校に通わせるようにした。

そんなある日のことだった。

映美さんは偶然、安倍晴明の子孫だという陰陽師の存在を知った。

安倍晴明も陰陽師も、この本をお読みになるような方なら、改めての説明は不要だろう。だが、野暮を承知で少しだけ解説するなら、安倍晴明はその卓越した能力で呪術を用い、霊や物の怪を調伏した陰陽師。天文や暦を操って占いも行い、平安時代の守り人として活躍した伝説の人物だ。

そんな晴明には正室の他、五人の側室がいたという。そして正室との子供とその末裔が宗家として安倍家を継承し、五人の側室の子とその末裔は、陰陽道の木、火、土、金、水の役割を担い、木の家系、火の家系、土の家系、金の家系、水の家系として六家で安倍晴明の陰陽道を、今日にまで継承してきた。

ちなみにこれら六家は現在も京都を拠点とし、宗家の館を中心に、木火土金水の五つの家が五芒星の形になるような配置でそれぞれ居を構えている。

むろん、陰陽道を受け継ぐ陰陽師は、この六家だけに限らない。

平安時代は国家公務員として扱われ、国によって厳しく管理されていた陰陽師の術や理論は、戦国時代になると国の統制を離れ、全国に流出した。

そのため、陰陽道は全国各地の民間信仰や密教秘儀などと混じり合い、現在では全国各地に、その地域の特色を持った陰陽師が存在している。

だが、いわゆる「安倍晴明の陰陽道」をそのまま受け継いでいるのは六家だけ。映美さんが相談に乗ってもらおうとした陰陽師は、そんな六家の一員だった。

ついでに言うと、それらの家に生を受けたからといって、誰もが陰陽師になれるわけではない。

跡継ぎ候補は三歳になると、その親（陰陽師）が術を使って守護霊を見定める。

歴代の陰陽師の誰かが、守護霊として憑いていれば合格。そうでない場合は、次世代の陰陽師になるための修行を受けることは許されない。

この儀式を「見極めの儀」という。

なお、本来陰陽師の鑑定や呪術は、紹介者があるものや要人に限定されてきた。だがその陰陽師は、悩める人々に貢献したいという思いから、六家の陰陽師としては例外的に、一般人からの相談も受けつけていた。

そんな陰陽師に、映美さんは救いを求めた。電話をすると陰陽師は快く、相談に乗ることを約束した。

だが鑑定のためには、直接こちらまで来てもらわなければならないという。陰陽師の鑑定室は東京にあった。

来られますかと言われた映美さんは、日帰りの強行軍で千歳から東京に向かった。

東京某所にある陰陽師の鑑定室は、大きなターミナル駅からほど近いマンションの一室にあった。

安倍晴明の末裔だという陰陽師は体格のいい男性だったが、話し方はとても穏和で、ゆっくりと話す人だった。標準語ではあるものの、アクセントに京都なまりが残っている。映美さんと軽く会話を交わすと、

——あなたを見てたらね。真っ白で何にも見えないのよ。

陰陽師はおもむろに言った。

普通は霊視をしたら、家の中が見えるものだという。

どういう状態か分かるのだそうだ。ところが映美さんの場合は、霊視をしても真っ白で何も見えない。

「それでもいろいろなことが分かるらしくって、『あなた、旦那さんにすごい暴力振るわれてるでしょ』と見抜かれました。そうなんですって言うと『そんな人といたって幸せになんかなれない。別れなさい』ってアドバイスされて」

映美さんは陰陽師から様々な質問をされ、そのすべてに答えた。

引き続き霊視をしつつ話を聞いた陰陽師は、

——どうもこのトラブルは、あなたの家にいかないと解決しなさそうね。

と結論づけた。

舞台は再び、千歳に移ることになる。

映美さんが東京を訪ねてから数日後、今度は陰陽師がアシスタントの男性を伴い、北海道にやってきた。

映美さんは寺本と二人、空港で彼らを出迎えた。

映美さんの家に到着すると、陰陽師は現場をあらためた。そして「霊道ですね。この霊道を何とかしなければならない」と言う。

陰陽師が言うには、花壇と家の間にある空間が霊道になっているのだという（同じことは、実はA先生にも言われていた）。つまり霊達が日常的に使う道が、映美さん達の暮らす家のすぐ脇にあったのだ。

「しかも陰陽師さんが言うには、私達が暮らす家の中、とにかくすごい数の子供の霊がいるって言うんです」

子供の霊は、寺本家の水子達だった。

水子らは、霊道を歩く死人の霊やら何やらに声をかけ、一緒に遊ぼうと言って家の中に引き摺りこんでいた。

だから家の中は子供の霊だけでなく、いつしか様々な化け物達の巣窟のようになっていたのである。

「そう言われてみると……って、思うことはたしかにありました。だって西日が射すと、普通明るくなるじゃないですか、家の中って。それなのに……」

映美さんの目には、茜色の光が斜めから射しこむ家の中は、タバコの煙が充満しているかのような、視界不良の眺めに見えることがあった。やはりあれは、勘違いなどではなかったのだと、改めて映美さんはゾッとした。

霊道を取り除くことはできないと陰陽師は言った。なのでしかたなく、花壇とアパートの間に、霊道を移すことにした。

映美さん達の家の敷地に結界を張り、同時に霊道を移す作業をするという。

家に入ると、早速陰陽師は準備を始めた。

「映画に出てくる陰陽師と同じ、狩衣《かりぎぬ》に着替えられました。いつも伊達眼鏡をかけているんですけど、眼鏡もはずしましたね。そうしたら目つきが全然変わって驚きました」

その陰陽師が眼鏡をかけている理由は、強すぎる霊感を制御するためだった。他の陰陽師達によって結界的な念がこめられた、特別な眼鏡なのだという。

いよいよ、陰陽師は力を解き放った。

映美さんは和室にいるよう指示をされた。円形の空間を示され、何があろうとここから出てはいけないと念を押される。

「出たらあなた、攻撃を受けるからねって言われました。なんせあなたのことが、みんな邪魔なんだからって」

陰陽師からは、人型の和紙に赤の墨汁で文字の書かれた式神を渡された。

ちなみに式神とは、陰陽師が呪をかけて使役する霊的なもの。秘儀が行われている間、それを持って円の中にじっとしていなさいと映美さんは命じられた。

寺本には、陰陽師は別の指示を与えた。家の敷地の四つ角に酒と塩を撒き、そこに四つの水晶を埋めなさいと言う。

秘儀が、始まった。映美さんも和室の結界の中からそれを見守る。

陰陽師は呪文を唱えながら舞を舞い、家の中にいる死霊達を追い出していく。

そんな陰陽師の舞の開始とともに、寺本は言われた通り、敷地の四隅に水晶を一つずつ埋める作業に向かった。

陰陽師は、なおも舞った。

呪文を唱える声が家の中に朗々と響く。やがて、声が聞こえ出したと、映美さんは回想する。

「ぎゃーとか、ああ、やめてーとか、方々から断末魔みたいな悲鳴があがり始めました。家に巣くっていた霊達の悲鳴だと分かりました」

映美さんは首をすくめ、ギュッと目を閉じ、恐れ戦きながらも、「これでようやくすべてが終わる」と耐えていた。

断末魔の悲鳴は、なおも映美さんの耳元に届く。

すさまじかったと彼女は言う。

「陰陽師って、消しちゃうらしいんですよね、魂を。除霊とか、そういうまどろっこしいことはしないんですって」

映美さんは言う。

「死霊としてさまよう魂自体を、丸ごと消しちゃうんだそうです。だから輪廻転生っていうんですか。そういうのもないんだって聞きました、そういう霊達は。そのまま消滅させられちゃうんで」

陰陽師は舞を舞い、霊達を消滅させながら、映美さんの家の敷地に結界を張り、霊道の位置を変えていく。

一時、家の中は死霊達の不気味な悲鳴で騒然としていた。

だがやがて、儀式は終わる。

陰陽師は、元々その家にいた座敷童一体を残し、他の霊達を葬った。消滅させた霊の数は百体にものぼったという。

「張った結界は、四百年は破れないと陰陽師さんに言われました。なので、もう死霊は入れないようになったんだそうですが、身内のご先祖様は入って来られるからとも聞きました。ありがたかったですね。本当に感謝しかありませんでした」

陰陽師は家の監視のために、家の中に式神を置くとも言った。

式神は女性だと言う。

――でも、お茶とかは出さなくていいですからね。

陰陽師はそう言って笑った。

結界が張りめぐらされた後、家を訪ねてきた映美さんの親族は「何だか違う家に来たみたい。雰囲気が全然違う」と驚いた。

映美さんを長いこと苦しめ続けた悪霊騒動は、こうしてようやく収束に向かった。

最初の家で化け物に憑かれてから、八年が経っていた。

だが、騒動を完全に終結させるには、やはり映美さんが決断をするしかない。

娘とともに家を出た。

母親や、すでに独立している息子に協力してもらい、ある日突然、映美さんは寺本の元を去ったのだった。

風の噂で、やがて寺本も、家から忽然と消えたことを映美さんは知った。
それから、十年近くが経つ。
早いものですねと、映美さんは笑った。
今、寺本がどこでどうしているのか、彼女はまったく知らないという。

死亡診断書

東北地方某県で医師として働く堀口さんに聞いた話。

とある病院に堀口さんが勤務していた頃のことである。癌終末期の高齢女性患者が、深夜に逝去した。

堀口さんは夜中に病院に来て、死亡診断書を作成した。

「ところが簡単な書類なのに、何度書いても違うところで誤字脱字があり、何枚も書類を無駄にしてしまうんです」

寝ぼけているのかと自分に苛立った。

これほど間違うことなど、いつもなら考えられない。

堀口さんは夜勤のナースに愚痴った。

するとナースは、

——よっぽど逝きたくなかったんですかね。
と言う。
堀口さんは苦笑して「そうかもしれないね」とナースを見た。
老婆がいた。
ナースの隣。
青白い、生気のない顔つきで堀口さんを見ている。
机上の書類に慌てて目を戻した。
ナースに気づかれてはならなかった。
だが、ペンを持つ手がどうしようもなく震える。
落ちつけ、落ちつけと、堀口さんは自分を叱った。
どうやら君の言う通りだねと、心の中でナースに言った。
喉の奥からせりあがってきたひんやりとした塊が、悲鳴になって弾けかけた。

こっくりさん

結菜さんは私の占い師仲間である。

これは、彼女が小学三年生だった頃のことだ。

「私は当時、友達とこっくりさんに夢中になっていました。えっちゃんとひなたちゃんという仲良しの友人です」

こっくりさんは、私が子供の頃にも大ブームになった。

白い紙に神社の鳥居と「はい」「いいえ」、〇から九の数字、「あいうえお」の五十音を最後の「ん」まで書いて、メンバー全員でその紙を囲む。

次に用意するのは十円玉だ。

十円玉にメンバー全員が人差し指を添え、こっくりさんと呼ばれる霊を呼び出していろいろと聞くと、十円玉が文字や数字の上を動き、メッセージを伝えてくれる。

「私達は、本当によくみんなで、こっくりさんを呼び出しては遊んでいました。こっくりさんが降りてきて、話をしてくれるのが楽しくてしかたがなかったんですね」

聞くことなど、たいしたことではなかったという。

例えば「こっくりさんの好きな歌を教えてください」だとか、いかにも小学生の女の子らしい他愛もない内容。

するとこっくりさんは、ある有名な童謡が好きだと教えてくれたりしたそうだ。

「降りて来てくれるのが、とても穏やかな霊であることが多かったんです。私達は安心して、四人目の友人みたいな感じでこっくりさんを呼び出しては遊んでいました」

そんなある日のこと。九月の終わり頃のことだったと結菜さんは言う。

放課後。

学校に残っていた彼女達は、その日もいつものように集まってこっくりさんを始めた。

結菜さんの他は、いつものメンバーのえっちゃんとひなたさん。

みなそれぞれ、ちょっと気になる男子がいたため、今日はその子達のことをこっくりさんに聞いてみようと、いつも通りの軽いノリでこっくりさんを開始した。

——こっくりさん、こっくりさん。おいでください。おいでになられましたら「はい」

にお願いします。

紙に書いた鳥居の上に十円玉を置き、三人で人差し指を乗せてこっくりさんに呼びかける。すると、こっくりさんが降りてきた。ゆっくりと十円玉が動き、「はい」と書かれた場所に行く。

結菜さん達は順番に、各自が気になっていた男子のことをこっくりさんに質問した。

まずえっちゃんが質問をし、こっくりさんが答える。

「ありがとうございました。鳥居までお戻りください」とお願いをし、こっくりさんがそこまで戻ったら、次はひなたさんの番だった。

結菜さんの記憶では、その日、ひなたさんは赤いジャンパースカートを穿いていた。

とても小さい女の子だった。

——こっくりさん、教えてください。○○君の好きな人って誰ですか？

ひなたさんは、こっくりさんにそう聞いた。質問を聞いたこっくりさんは、しばらくして五十音の文字の上をゆっくりと動き出した。

「ところがひなたちゃん、きっとドキドキしすぎて、心が違うところに飛んでいっちゃっていたんだと思います」

結菜さんは言う。
こっくりさんをやっている間は、何があろうと決して十円玉から指を離してはならないというルールがあった。
それなのにひなたさんは、ついその指を十円玉から離してしまったのだという。もう数えきれないほどこっくりさんをやってきたのに、そんなことは初めてだ。
「ひなたちゃん、慌てて十円玉に指を戻しました。すると十円玉、またゆっくりと文字の上を動いて、こう言ったんです」
の
ろ
う
ぞ
結菜さん達は息を呑んで固まった。何かの間違いだろうと思い、もう一度おっしゃってくださいとこっくりさんに乞うた。
すると。
の

ろ

う

ぞ

こっくりさんは、まったく同じことを言う。

呪うぞ――。

誰を呪うというんですかと、結菜さん達は聞いた。するとこっくりさんは言う。

ひ

な

た

「ひなたちゃん、もうパニックになっちゃって。私達が止めるのも聞かないで、逃げるように教室を飛び出していってしまったんです」

結菜さんとえっちゃんも気まずい雰囲気になった。その日はそこでこっくりさんにお礼を言って帰ってもらい、解散をしたという。

だが結局その日が、二人がひなたさんを見ることのできた最後の日になった。ひなたさんは、それからはもう二度と学校に来なくなってしまったのである。

結菜さんとえっちゃんは、ひなたさんが心配でならなかった。

こっくりさんさえやらなければこんなことにはならなかったのにと、後悔しきりだったそうである。

「私はえっちゃんを誘って、ある放課後、ひなたちゃんに会いにいきました。勇気を振り絞ってって感じでしたね」

実はそれまでも、何度かひなたさんの家の前まで行ってはいた。

だが、二階にあるひなたさんの部屋の窓はいつ行っても厚手のカーテンがかかっていて、中の様子が分からない。

――ごめんね。ちょっと会えるような状態じゃなくて……。

その日、玄関に出てきたひなたさんの母親はそう言って二人に謝り、顔を見ることすらさせてはもらえなかった。しかし、母親が言っていたことは嘘ではなかったと今でも結菜さんは思っている。なぜなら、彼女達が訪ねていったそのわずかな間でさえ、

――あああ。あああ。ああああああ。

――ぎゃあ。ぎゃあ。ぎゃああ。

二階からはひなたさんらしき異様な声が何度も聞こえていた。これはただごとではない

と、結菜さんもえっちゃんも改めて思い知らされた。

それ以来、彼女達はもう二度とこっくりさんはしなくなり、結菜さんはいつしかえっちゃんとも、次第に距離ができていった。やがて、ひなたさんの家は引っ越しをし、それ以来、彼女の消息は杳《よう》として知れなくなった。

「そして、それから二年ぐらい経った、ある日の放課後のことでした」

結菜さんは担任教師に叱られ、何人かの同級生と学校に残って勉強をしていた。

トイレに行きたくなった。先生に申告をし、一人でトイレに行く。教室と同じ階にある、いつもよく行くトイレである。

「中に入った私は、あれって思いました。全部で五つあるトイレの個室のドアが全部閉まっているんです」

もう放課後で、ほとんどの児童は帰ってしまっている時間。それなのにどうしてと、結菜さんは不思議に思ったという。

だがとにもかくにも、どこかが空くのをじっと待つ。

早く、早くと思いはするものの、順番を待つしかない。他の階に行くことも考えたが、待っている方が早い気がした。

ところが、待っても待っても誰も出てこない。しかも、すべての個室はどこも静まり返っていて、物音すらしない。

「もしかして誰もいないのって思って。私、一つのトイレに近づいてノックをしました」

コンコン。

すると。

……コンコン。

ノックの音が帰ってくる。

やっぱりいるんだと思った結菜さんは、二つ目の個室の前に移動した。

コンコン。

……コンコン。

返事がある。

三つ目のトイレも、四つ目も五つ目も、みんな同じだった。

「私は首を傾げました。だって、たしかにノックは返って来ましたけど、それ以外、どこからも何の音もしないんです」

その時だった。結菜さんはふと気づいた。

廊下に一番近いトイレのドアが、少しだけ開いている。いつ出ていったんだろうと不思議に思いながら、結菜さんはその個室に近づいた。

それにしても変である。水を流す音も、ドアが開く音も、手を洗う音も外に出ていく音も、何一つ聞こえなかった。

「でも、まあいいやって。もう我慢できなくなってきていた私は、とにかくトイレに入ろうとしました」

結菜さんは手を伸ばし、ドアノブを掴んだ。

するとそのドアは、いきなりバタンと閉まってしまう。

どういうことかと訝った。

結菜さんは一歩、二歩と、そのトイレから後ずさる。

閉じたドアをじっと見た。

しかし中からは、何の音もしない。

「やっぱり誰かいるってことじゃないかって思った私は、床にしゃがみました。下に開いているドアの隙間から中を覗こうとしたんです。そうしたら」

突然、ドアがゆっくりと開き始めた。

ギョッとした結菜さんは、しゃがみこんだままその場に固まる。

ギイイィ……。

ドアはゆっくりと、ゆっくりと、全部開いた。

だが、中には誰もいない。

（は……？）

しかも。

「気がつくと、他の四つの個室のドアも、いつの間にか全部開いていているんです。でも、中にはやっぱり誰もいなくて」

結菜さんは、わけが分からなかった。

しかし尿意は、もう限界に達している。

彼女は大急ぎで、トイレの個室に駆けこもうとしながら、ふと上を見た。

女の子がいた。

ドアの枠に座り、結菜さんを睨んでいる。

「普通じゃないって、すぐに分かりました。だってその子、私を睨みながらニヤニヤ笑っているんです」

――ぎゃあああ。

結菜さんは悲鳴をあげた。

もうトイレどころではない。

廊下に飛び出す。

恐怖は頂点に達し、泣き叫びながら走った。

トイレの女の子は、赤いジャンパースカートを穿いていたという。

走る老婆

天音《あまね》さんは、東北地方某県のある街で美容院を経営している。
かなり変わった命式の持ち主だ。

丁巳《ていかのみ》
丙午《へいかのうま》
丁巳

右から年干支、月干支、日干支。
これら十干十二支は、いずれも五行（木火土金水）に変換することができるが、直すとこうなる。

火火
火火
火火

六つの干支が、すべて火性。

はっきり言って激レアな命式だ。火性一気格、あるいは炎上格とも呼ばれる。

運勢はとても強い。

宿命の器も、かなり大きなものとなる。エネルギーも最大級だ。「最身強」の宿命となり、動乱にも強くなる。

とにかくパワフルな人である。

また、年干支と日干支には、幽木怪談をお読みの方ならすでにご存じの異常干支「丁巳」が入っている。

時に霊感をもたらすこともある干支が二つ。強い経済力を発揮してもおかしくない。

天音さんとは、そういう宿命の人だった。

この話は、そんな彼女がまだ美容師の修行をしていた時代のこと。

二十七年ほど前になる。

「当時の私は東京での修行を終え、地元に帰ってきて、ある美容院でさらに修行をしながら、腕を磨いていました。その日も私はいつものように、車で仕事場に出かけました」

いつも通りの通勤ルートだった。

仲のいい母親、良美さんと暮らす実家から仕事場までは車で十分ほど。

もう少しで仕事場に着く大通り。

天音さんは赤信号で車を停止させた。朝の八時頃のことだった。

「通勤時間なので車道は混雑していました。結構古い街並みなんですけど、左側には銀行があったり、洒落た眼鏡店があったりして、私は手持ち無沙汰にそうしたものをぼうっと見ながら、信号が変わるのを待っていました」

そんな時だった。

右手で突然、乱暴に引き戸を開けるような音がした。

天音さんは音のした方に目を向ける。

ギョッとした。

「丁度銀行の向かいの場所に、青いトタンでできた古い家があるんです。いつも通る道なので、そこにその家があることは知っていました。そうしたら、その家の引き戸が開いて、おばあさんが出てきたんです」

その老婆は、明らかに異様だった。

頭に三角巾をつけて、白装束。落ち武者を彷彿とさせる、ざんばら髪の白髪頭である。

年格好は、九十歳ぐらいに見えた。

細くて小さい。腰が曲がっている。落ち窪んだ両目をくわっと見開き、歩道に飛び出してくる。

「私、驚いてしまって。何事かと思いながら、おばあさんに視線を釘付けにしてしまいました」

すると、老婆は走り出した。信号が赤から青に変わる。老婆は信号を渡り、天音さんの車と同じ方向に走っていく。

「なんだなんだって感じですよね。だって、三角巾に白装束ですよ。しかも痩せ細っていて、皺々のおばあちゃんなんです。そんなおばあちゃんがいきなり走りだして……もう私、気になってしまって」

だが、こちらは車である。

いつまでも老婆を見てはいられない。アクセルを踏んで車を発進させた。老婆は見る見る後方に遠ざかっていく。天音さんはバックミラーを確かめた。そこにはまだなお、走り続ける老婆の姿が映っている。

職場の美容院に着いた天音さんは、同僚のスタッフ達にたった今見たものを夢中になって喋った。

だが誰も本気にしない。しまいには、寝ぼけているんじゃないのかと笑われる始末である。

「あんまりみんなにそう言われるんで、私もつい『そうだよね』って話になって。たしかに現実に見たものだとは思えなくなってきてしまったんです」

天音さんはその晩、女友達にも朝の一件を電話で喋った。案の定、友達も半信半疑で天音さんの話を聞いていたが、その翌日、改めてその友人から電話があった。

昨日天音がした話あるでしょと、友人は言った。

——なんか昨日、あなたと同じ場所で、たしかにそのおばあさんを見たって、私の彼も言っているのよ。

友人の恋人のことは天音さんも知っていた。

やはりあの老婆は存在したのだと、天音さんは思った。

数日後。

出勤した天音さんは、青いトタンの家の老婆が逝去していたことを知らされた。

亡くなったのは、天音さんが白装束に三角巾姿の老婆を見た時刻の少し前。つまり、あれは幽霊だったのだと天音さんは知った。

取材の最後に、「おばあちゃん、そんなに走ってどこに行くつもりだったんでしょうね」と天音さんに聞いた。

すると天音さんは言った。

「誰か……とってもたいせつな人とか会いたい人とかに、最後のメッセージを伝えにいこうと考えたんじゃないかななんて、私は思ったりしたんですけどね」

なるほどと、私は思った。そうかもしれない。

だがそうかもしれないと考えると、なぜだか強く、私は胸を締めつけられた。

犬と老人

もう一話、天音さん。

五年前のことだという。

天音さんは当時、母親の良美さんと、夜になると家の近くをウォーキングしていた。

「散歩コースはいつも大体同じで、町内の決まった道をあれこれお喋りしながら歩きました。毎晩三十分ぐらいの、軽い散歩という感じでした」

家をスタートする時間も、判で押したように決まっていた。

おおよそ八時前後。

その時間になると、母と娘は毎夜のように、その日あったことなどを話しながら、お決まりとなったコースを回った。

そんな毎日を送るようになってから、三年ほど経っていた。

良美さんと二人で過ごすそんな時間が、多忙な毎日を送る天音さんには、何よりかけがえのないものになっていた。

「そんな中、私達は三年前から、よく同じ場所で一人のおじいさんと会いました」

天音さんはそう言って、一人の老人について話してくれた。

散歩コースの一部になっている、小学校のグラウンド脇。天音さん達親子は、決まってそこで、老人とすれ違った。

年齢はとっくに九十歳を過ぎているように見えた。猫背気味でそんなに大きなタイプではない。

いつも柔和に笑っており、ダボっとした感じのジャンパーとズボンを着ていることが多い。頭には野球帽をかぶっていた。

犬を連れてゆっくりと歩いている。

犬も、おじいさん同様に老いた感じだった。最近ではあまり見かけなくなった、柴系の雑種。結構大きい。そんな身体の大きさの割に尻尾は細く、先が白くなっているのが特徴的だった。いつも、青い首輪をつけていた。

主人と一緒にする夜の散歩は、犬もまたスローペースだ。一人と一匹でずっとずっと生きてきたような、なんとも仲睦まじげな雰囲気が印象深かった。

「最初の二年ぐらいは、軽く会釈をする程度でした。でも次第に、一言、二言と会話を交わすようになって、いつの間にか私達親子を見ると、犬が尻尾を振ってワンワンと吠えるようになったんです」

ウォーキングに出かけると、老人と親しく挨拶や会話をするのが、毎夜のお約束のようになっていった。

そんな日々が半年ほど続く。そして天音さんは、ある晩たまたま、一人でウォーキングをした。

夏の終わりのことだった。

その晩も、犬と老人に出くわした。

──ああ、お姉ちゃん。今日はお母さんと一緒じゃねぇな。

優しげな笑顔で、老人は天音さんに言った。天音さんが、「今日は母は、ちょっと都合がつかなくて」と話すと、

──いいね、いつも仲良くて。一緒に歩いていていいなー。

天音さんはそんな老人に「ありがとうございます」と笑顔で答え、さらに会話を交わし

た。足元では老人の犬が嬉しそうに尻尾を振って、天音さんにまつわりついてきた。

家に戻ると良美さんに、今日はおじいさんと結構話しちゃったよと天音さんは話した。

いっとき、老人の話で盛りあがった。

ところが。

その日を最後に、天音さん達母娘は老人の姿を見ることがなくなった。

いつもの時間。

いつものコース。

小学校のグラウンド脇に来ると、いつも決まって、闇の中に老人と犬を探したが、もうすれ違うことはない。

「どうしたんだろうね、なんて言いながらも、おじいさん、お歳にも見えましたから。もしかして具合が悪いのかねとか、入院しちゃったのかな、もしかしてどこかの施設にでも入っちゃったのかねとか、最悪の場合には……ね?」

天音さんはそう言って、姿を見せなくなってしまった老人を気づかった。

そして、数か月が過ぎた。

年が変わった。

松飾りもとれた頃。午後三時ぐらいだったと、天音さんは記憶している。

「その日、私は仕事で家の近所を車で走っていました。そうしたらいたんですよ、おじいさん。あの犬を連れて」

天音さんは車を運転しながら「あー、いるいる」と思わず車中で声をあげた。

折悪しく、少々急ぎで動いていた。

できれば声をかけたかったが、時間が許さない。しかも、小学校の下校時刻とバッティングしていた。あたりにはランドセル姿の児童達も大勢いる。

ごちゃごちゃとしていた。

天音さんは老人に声をかけるのをあきらめ、車でその場を離れた。老人が元気でいてくれたことが嬉しかった。家に帰ると母親にも報告し、今度は二人で喜んだ。

「ところが、それからまた見なくなっちゃったんです」

いつもの時間に良美さんとウォーキングに出ても、姿を見かけない。以前老人を見かけた午後の時刻に同じ場所を歩いても、やはりいなかった。

どうしたのだろうなと思いながらも、やがて老人の話題は、親子の会話からなくなっていった。

季節が変わり、春。四月だった。

天音さんと良美さんは、いつものように夜のウォーキングに出た。

すると、あの老人が連れていた犬がいる。尻尾の特徴や青い首輪から、間違いないと天音さんは確信したという。

だが、犬を散歩させているのは老人ではなかった。壮年の男性で、老人に比べたら明らかに若い。

天音さん達母娘に気づいた犬が、嬉しそうに尻尾を振ってワンと鳴いた。

「もしかしたら息子さんかなって。アイコンタクトを交わすと、母も私と同じことを考えているみたいでした。まあ、おじいさん、お歳もお歳でしたしね。でも、ちょっと声をかけてみようということになって」

二人は、犬を連れた男に声をかけた。

近づいてきた二人に、犬は尻尾を振って嬉しそうに反応する。

実は、いつもこの犬を連れていたおじいさんと、散歩で会うたび挨拶を交わしていたのだと、天音さんは男に言った。

事情を理解して相好を崩した男は、自分はその老人の息子だと名乗る。天音さん達は「お父様、お元気ですか」と彼に尋ねた。

すると、男は言った。

——去年の四月に亡くなってしまいました。丁度、一年になります。

「やっぱりそうかと、内心思いました。母と二人でお悔やみの言葉を言って、ひとしきりワンちゃんを撫でると、男の人と別れました。でも……何か変なんです」

男と別れた二人は、互いに言葉もなく、夜道を歩いた。

やがて、

——ねえ。

良美さんが言った。

——去年の四月って言った?

——うん、言った。

天音さんは答える。

——えっ。だって……。

重苦しい間の後、良美さんは小声で言う。

——私達、その後もずっと会っていたじゃない、おじいちゃんと。

――だよね。

――そうでしょ？

――だよね。

――どういうことよ。

どういうことよと言われても困る。思いは天音さんもまったく同じだった。記憶に齟齬があるはずもない。去年の夏、一人でウォーキングに出かけた時には、老人と二人で会話もしている。

年が明けた一月には、小学生達がワイワイと下校する中、ゆっくりと歩いている姿も、たしかに天音さんはこの目で見た。

あり得ないことが、実際に起きた。自分達はいつから幽霊の老人と挨拶を交わしていたのかと考えても、まったく分からなかった。

ここまで話を聞き、私は「ちょっと待ってください」と天音さんを制止した。

――ということは、その連れていた犬というのは、どう解釈すればいいんですか。おじいさんが幽霊だったとしても、犬はまだ生きているわけですよね。となると……。

天音さんは答える。

——それが……正直、よく分からないんです。

ちなみに、老犬だとばかり思っていたその犬は、まだ当時、三歳程度にしかなっていなかったことも、老人の長男から天音さん達は聞いた。

犬は、大好きな飼い主に歩調を合わせ、超スローペースで、夜の散歩のお供をしていたのだろう。

ゆっくりと、ゆっくりと、犬と老人はいつも歩いた。

世の中には本当に、こういうこともある。

Mother

天音さんから聞いた、最後の話。

先のエピソードでも分かる通り、天音さんと母親の良美さんは、一卵性親子とでもいうような強い絆で結ばれていた。

天音さんは、私に言ったことがある。

——日頃から、ちょっと特別な力があるような感じの女性なんですよね。何て言うのかな……魅力的？　言葉でも行動でも、ここぞという時には必ず、人の心に届くような言葉を言えるし、行動もとれる人なんです。なかなかいないかなっていうか、心のある女性というか。私の人生の中で一番の幸運は、あの人の子供に生まれてくることができたことなんです。

天音さんの命式を知っていた私は、彼女の話に得心した。

丁巳
丙午
丁巳

一番右の年干支と、自分自身を表す一番左の日干支が、どちらも「丁巳」。

こういう命式は「律音《りっちん》」という。そして、年干支は親の場所であるため、「親」というテーマがよい意味で出るかそうでないかは人によって違うが、いずれにしても、親との縁は強くなる。

親の生き方を手本として生きるようになってもおかしくない宿命だ。

自分が「丁巳」、親が「丁巳」。

一卵性親子、むべなるかなである。

若い頃は幼稚園の教師をしていたという良美さんは夫と離婚し、女手一つで天音さんを育てた。

仲のよい母娘だった。

だが二〇二二年一月、良美さんは体調を崩す。血尿が出るようになり、平気だと笑う良美さんを連れて病院に行くと、検査の結果、膀胱癌であることが判明した。

「ショックでした。母の前では明るく振る舞っていたけど、本当は怖くて怖くてしかたがありませんでした。母が癌だなんて信じられなくて……」

時代は、コロナ禍真っ盛り。

著名人が次々と命を落とすなど、恐ろしい力で健康を蝕む未知のウィルスが社会に蔓延し、私達は生活までをも破壊されていた。

そんな時代環境の中、良美さんの病気は見つかった。

「調べてみると、腎臓の方も悪くなっていたものですから、そちらの処置もあったりして、手術までの時間がものすごくかかったんですね。でも私、この人を絶対に生かしてやろうと思って。本当に、人間ってこんなに力が出るのかなってくらい力が出ましたけど、とにかく自分に自由になる時間は、すべて母のために使いました」

そして、ようやく八月に手術が決まった。心配していた癌の転移もなく、やっと手術ができる運びとなったことを、天音さんは心から喜んだ。癌は結構進行していただけに、転移がなかったのは奇跡だと思ったと天音さんは言う。

「本当にラッキーだなあって思ったんです。手術の二日前に母を入院させたんですけど、ようやくここまで漕ぎつけられたって感無量でした」

ところが、思いがけない運命に天音さんは翻弄される。

コロナに罹患した。良美さんを病院に送り届け、家へと戻る道すがら、なんとも言えず、身体がだるくなってくる。

おかしいなと思いながらの帰宅だった。ここ数日、たしかに少々だるい気はしていたが、疲労が蓄積しているのだとばかり思いこんでいた。

体温計で調べてみると、驚くほど熱が上がっている。

その頃コロナは、天音さん達の暮らす街でも爆発的に増加していた。

まさか、まさかと思いながら知人の薬剤師に頼み、当時入手しにくくなっていた抗原検査キットを分けてもらった。

「秒で陽性が出ました」

急いで良美さんに連絡をした。

母親に移してしまったのではないかと、それだけが気がかりだった。大丈夫、私は大丈夫だからと、良美さんは泣きじゃくる娘を電話の向こうで慰めた。

良美さんが入院をする病院にも、すぐに伝えた。

大騒ぎになった。良美さんも検査をされる。当初は陰性だったが、手術前にもう一度検査をすると陽性判定が出た。

手術どころではなくなった。良美さんはコロナ病棟に移された。

天音さんは生きた心地がしなかった。自分を責めた。母親に申し訳ないと、ただそればかり。見舞いに訪れることもできない。病院で一人コロナに苦しむ母を思うと、気が狂いそうになった。

だが幸運にも、良美さんは五日間の治療の末、何とか持ち直した。

退院をした。

癌の手術に臨むことは叶わず、秋に延期ということになった。

「母は家に帰ってきました。でも、やっぱり具合が悪そうでね。熱を測ると、微熱が出たり下がったり……」

良美さんは一週間ほど家にいた。

しかしやがて、また盛んに咳が出るようになる。変だなと思ってパルスオキシメーターで測ると、異常な数値が出た。家にいてよい状態ではなかった。天音さんは慌てて、良美さんをもう一度病院に連れていく。

検査をされた。そしてその結果、「もう覚悟してください」と、天音さんは医師から宣告を受けた。

「何て言うんだろう、あの時の気持ち……もうほんと、ズタズタでしたね」

天音さんは、なおも語る。

「最後に母とね、もう一度コロナ病棟に入る前に会うことができたんです。そうしたら、呼吸とか酸素濃度がもう低くて、七十いくつとかしかないような人が、私のこと、力いっぱい抱きしめて。力いっぱい手を握って。絶対私は死なない。生きて帰ってくる。あんたを一人になんてしないから待っててって言うんですよ」

天音さんは泣きながら良美さんと別れ、家に帰ってきた。祈る思いで、毎日を過ごした。だが入院して四日目。病院から、良美さんにモルヒネを打つと連絡があった。

モルヒネ。

覚悟はしていたがショックだった。素人からしたら、モルヒネなんてもう最後の手段である。

ちょっと待ってくださいとパニックになりながら、電話をくれた看護師に言った。モルヒネを打つ前に、一度だけリモートで母に会わせてほしいと懇願した。

もう良美さんは会話のできる状態ではなかった。だがせめて、自分の声を聞かせてあげたい。

病院は、天音さんの希望に応えた。すぐに準備が行われ、天音さんはテレビ電話で良美さんと繋がった。

「そうしたらそんなね、これからモルヒネを始めなきゃいけないような人が、酸素マスク、あれを自分でバーって外して、あーって言うんです、私に。あーって言ってるんですよ。あーって。あまねー、あまねーってずっと言ってるんですよ。たまらないですよ」

天音さんは泣いた。人にどう思われようとかまわないと「愛している、お母さん、愛している」と訴えた。

「私もよ、私もよ」と良美さんは答えた。

そしてその翌日、良美さんは息を引き取った。

「一度は持ち直してくれたんです。だけどやっぱり他にも、リュウマチとかの持病もある人だったんで……それに癌もあるし、やっぱりそういう人って、ああいうのにかかるとだめですね」

天音さんは失意に暮れた。

良美さんが亡くなったすぐ後、担当してくれていた看護師から、お母さんに会いに来ませんかとこっそり連絡があった。医師には内緒の行動だった。

天音さんは、看護師に申し訳なく思いながらも、好意に甘えて母の元に駆けつけた。親戚の叔父と二人でだった。

横たわる良美さんは、袋を被せられていた。

天音さんは看護師から手袋を渡され、申し訳ないけれど、遺体を触りたい時は袋の上からお願いしますと念を押された。

「私、もう取り乱してしまって『お母さん、お母さん』って。泣きながら母親に声をかけました」

すると、良美さんはうっすらと目を開けた。親戚の叔父がギョッとした。だが天音さんは、ああ、私を見たいんだと思ったという。

もうどうでもいいと彼女は思った。叱られたら叱られたでその時はその時だ。

手袋をしたまま袋脇のファスナーを開け、母の遺体に直接触れた。多分看護師は気づいていたはずだと天音さんは言う。だが気づかないふりをしてくれたのだろうと。

声をかけるたび、良美さんはうっすらと目を開いた。

良美さんは、葬式などしなくてもよいという考え方の人だった。また当時の時代状況もあり、天音さんは最短で火葬をすませ、母を家に連れ帰ることにした。

翌日、火葬が行われることになった。

棺に入れる写真を現像しようと、天音さんはカメラ店にいた。

すると、友人のFさんから連絡が入る。事情を説明するとFさんは驚き、今すぐ会いにいくという。

「私も、火葬の時間までまだ時間もあることだし、彼女が話し相手になってくれるのなら、話したいなと思って、スターバックスで会う約束をしたんです。何も話していなかったし」

天音さんとFさんは一軒家スタイルで営業をしているスターバックスで落ち合った。

Fさんを見るなり、天音さんの瞼からは堰を切ったように、また涙が溢れた。二人は人目もはばからず、互いに泣きながら母親の思い出話をした。

店内には、外から燦々と日が射し込んでいる。

店の壁は、一面にガラスが嵌め込まれたような開放的な造りで、天音さんの座った窓近くの席からは、駐車場を擁した敷地の光景と店舗の入口付近がよく見えた。

「Fさんを相手にあれこれと母について喋るうち、私、ちょっとだけ落ちついてきて。涙もようやく乾いて。恥ずかしくなってFさんに謝ったりして、彼女と一緒に笑いながら、ふと窓ガラス越しに外を見たんです」

良美さんがいた。

天音さんは固まり、目を見開いた。

それは、間違いなく母だった。生きている人間とまったく違わない。

生前最後のヘアスタイル。グレーヘアだったが、そんなヘアスタイル姿の良美さんが、満面の笑みとともにこちらに向かって手を振っている。

夢でも見ているのかと我が目を疑った。呆然としたまま腰を浮かす天音さんを、Fさんは持てあました。

「よく白いシャツを羽織る人だったんですけど、その白いシャツを羽織って、見慣れたショートパンツを穿いていました。お母さん、私に向かって手を振りながら店の入口に近づいてくるんです」

まるで、待ちあわせていた娘に申し訳なさそうに笑いながら、遅れてやってきたかのようだった。母親は手を振り、店舗に接近する。

店の構造の関係で、その姿は天音さんの視界から消えた。母親が店舗内に再び現れるのを期待して、天音さんはそちらに視線を向ける。

だが、そこまでだった。

誰も店の中になど入ってきはしない。

Fさんは心配して、「どうしたの」と天音さんに聞いた。

しかし天音さんはFさんに答えることもできない。シートに深々と腰を下ろし、ため息をついて外を見た。

良美さんがいた。

天音さんはギョッとする。母親は先ほどとまったく同じ姿で、笑いながら紗里さんに手を振って、店の入口に近づいてくる。

もう、じっとしてなどいられなかった。訝るFさんに理由を説明する余裕もない。天音さんは席を立ち、店の入口に小走りに駆け寄った。

丁度良美さんが入ってきてもおかしくないタイミング。だがエントランスのどこにも、母親の姿はない。

お母さん。

鼻の奥がツンとした。

もういいよ、お母さん。もういいよ。

席に戻った。

涙目になって帰ってきた天音さんに驚き、Ｆさんがますます心配そうに声をかける。

また外を見た。

良美さんがいる。

目が合うと、一卵性親子のような母親は屈託のない笑みを天音さんに向け、手を振って店の入口に近づいてくる。

もういいよ、お母さん。

天音さんは慟哭を抑えられなかった。「ああ、泣いた泣いた」などと、一度はＦさんと涙を拭きながら笑いあえるほどにまでなっていたのに、元の木阿弥だ。

母親は店に入ってこない。

当たり前だ。

だが外を見る。良美さんがいる。

もういいよ、お母さん。もういいから。

良美さんは懐かしい笑顔を惜しげもなく振りまき、手を振りながら玄関に近づく。

私、大丈夫だから。お母さん、大丈夫だから。

天音さんは両手で顔を覆って号泣した。

わけが分からないながらも、Ｆさんもまた、一緒になって泣いたという。

丁巳
丙午
丁巳

これが天音さんの命式だと紹介した。

火性一気格。

算命学の世界には、守護神という考え方がある。守護神とは、その人の人生をいっそう生きやすくしてくれるもの。行動的守護神と人物的守護神の二つがある。

火性一気格というこの強烈な命式にとって、守護神は木性、火性、土性の三つになる。

どうしてそうなるのか、詳しい説明をする余裕はないが、とにかくこの三つだ。

天音さんの命式には、火性も土性もあった。

だが木性の甲、乙だけがない。

木性があれば、天音さんの宿命はさらに守りを得ることができる。

強い命式であることは間違いなかったが、しいて言うならその部分は、一つのポイントだと思っていた。

ところが、良美さんの生年月日を聞いた私は、息を呑んだ。

壬午《じんすいのうま》
甲辰《こうぼくのたつ》
甲午《こうぼくのうま》

母親の良美さんの日干支（自分自身を表す）は、なんと木性の「甲」だった。

壬午
甲辰

甲午

つまり良美さんは、娘の命式に唯一足りない木性の十干を自らの日干として、娘の守護神のように生きたのである。

ちなみに甲とは何を意味するだろう。

天音さんの命式では、甲は「母親」である。

蠅

大阪のある街で暮らす紗里さんに聞いた。

紗里さんは夫と二人、某神社の敷地内に建てられたレジデンスで暮らすようになった。

言うなれば、不動産デベロッパーと神社のコラボによって実現した高級マンションだ。

少子化などによる氏子離れや、企業からの寄付といった収入が減り、経済的問題に直面して頭を痛める神社は少なくない。

そうした神社が境内の一部を貸し付け、その土地にマンションを建設する試みが、今、大都市を中心に起きている。

紗里さん達は、そんなマンションに入居した仲睦まじい夫婦。

自分達のお金が神社の役に立つのならという思いもあり、そこに居を構えることにして越してきた。正確には「定期借地権付き分譲マンション」。普通に購入することを考えたら、そのあたりのマンションとしてはかなりお得だった。

住人には、やはり信心深い人が多かったと紗里さんは言う。

引っ越しをしたのは、二〇二〇年四月。時はコロナ禍真っ盛り。いろいろと不自由を強いられる中での転居だった。

「そうしたら、越して間もなくのことでした。私達、びっくりするような光景を目撃しちゃったんです」

その時のことを思い出し、声を固くして紗里さんは言った。

レジデンスの一階ロビー。

そこには椅子があり、居住者同士で語らったり、訪問者の応対ができたりするようなスペースが設けられていた。

「そこで、八十がらみのおばあさんが若い男性を、ものすごい剣幕で怒鳴りつけていたんです」

老婆はのちに名前が分かるが、Hというレジデンスの居住者だった。

でっぷりと太り、身なりから何から、よく言えば裕福な老女、意地悪な見方をするならば、成金的なギラギラしたものを感じさせる異様な雰囲気を醸しだしている。

Hは世間がコロナに振り回されるピリピリした時期だったというのに、マスクも着けずに背広姿の若者を怒鳴りまくっていた。

よほど腹に据えかねることでもあったのか。緊張した空気にこちらまで気圧されながら、紗里さん達夫婦はその場を離れた。

あとで分かったことだったが、Hに怒鳴られ、萎縮しながら平身低頭していたマスク姿の若者はデベロッパーの社員だった。

Hは自室トイレの手すりがオーダーしたのと違う位置についていたことに怒り、クレームを入れていたのである。

「何しろまだ入居したてですしね。オプションで頼んでいたものが、その通りになっていないということだって、そりゃ、ないとは言えません」

紗里さんは言う。

「でもちょっとね。雰囲気が異常というか、何て言ったらいいのかな……もうとにかく女親分とでもいうか、ごろつきみたいな怖さを感じさせる勢いだったんです」

何とも言えず、いやな気持ちにさせられた。

担当の社員さん、可哀想だったねなどと夫と話をしながら、紗里さんは引っ越し後の荷物の整理や役場などへの届け出作業に忙殺された。

そして、それから一週間ほど経ったある日。

家に帰ってきた夫が、表情を曇らせて言う。

——おい。あの婆さん、またあの若い社員相手に、この前と同じ剣幕で怒鳴っていたぞ。

紗里さんは驚いた。

するとあれは一回こっきりのことではなかったのか。もしかしてデベロッパーの若手社員は、もう何度もあんな目に遭っているのだろうか。

それを契機に、紗里さんは改めてHを意識するようになった。

やがてHに関する情報は、紗里さん達夫婦に続々ともたらされるようになる。

夫が理事の一人に選出され、他の居住者四名とレジデンス理事会の活動をするようになったのだ。

Hは一人暮らしのようだった。やはり相当な資産家で、現役時代は父から譲り受けた不動産関連の会社を経営していたという。

「つまり、ある意味プロなんです。法律的な知識を持たない老人があれこれクレームを入れてくるというんじゃなく、デベロッパー側の痛いところを突く形で、猛攻撃をしかけていたようなんです」

まさに、ああ言えばこう言う、こう言えばああ言うといった感じで、Hはデベロッパーの社員にクレームを言い続けていた。

一度担当者を呼びつけると、三時間でも四時間でも、平気で罵倒する。

しかもHの攻撃の矛先は、デベロッパーだけではなかったらしいことが、徐々に分かっていく。

Hはシルバーカーを押して移動していた。

ところが、レジデンスのエレベーターを利用しようとしたところ、シルバーカーが扉に挟まってしまい、もう少しで大怪我をするところだったと、今度はエレベーター会社の社員を相手に怒鳴りまくっている。

ネチネチと粘着的なクレームで吠えるHは、住人達に見られることを何とも思っていないどころか、むしろ得意そうですらあったと紗里さんは言う。

明らかに見られることを意識した一種の高揚感めいたものを、ギラギラと光る眼光から、紗里さんは感じた。

さらにHは鉄道事業者とも揉めていた。

駅構内のエレベーターでも、同じようにシルバーカーがらみのトラブルを起こした老婆は、鉄道事業者に抗議文を出し、そちらでも一人で暴れていた。

レジデンス近くのドラッグストアでは、「もしもHが来店した場合は……」というような対応マニュアルが、スタッフ間で共有されていた。

Hの身勝手な通報を受けた警官がレジデンスにやってくることも、常態化するようになっていく。

あっという間に、Hはレジデンスの有名人になった。

やがてHの怒りの矛先は、レジデンスの理事会にまで向けられるようになる。そもそも理事達は何をやっているのだと。

定期的に開催される会議にも乗り込んでくるようになった。

関係者への罵詈雑言を書き連ねた意見書を持参し、本来そんなことに時間を取られるべきではない理事会の席で、またもごろつきのように一人で唾を飛ばして喋りまくる。

さらには、理事会の対応が気に入らないからと、Hは管理費の支払いなど、居住者として当然の義務まで拒否するようになっていく。

レジデンスに現れる関連会社の面々にも変化があった。

エレベーター会社の方は、それなりの地位にあるとおぼしき年配の社員数名が呼びつけられ、損害賠償の訴えを起こすと息巻くHに、みんなして米つきバッタのように謝罪をするようになった。

デベロッパーの若手社員は精神的ストレスで心を病み、会社に来なくなってしまっていた。ガス管を口に咥え、自殺未遂騒動まで起こしたらしいなどという噂もあった。

デベロッパーでも、Hのことは大きな問題になっていた。

紗里さんは言う。

「Hさん、お金なんてもうありあまるほど持っているわけですよ。だから目的は、お金なんかじゃない。何て言うんでしょう……自尊心？　俗に言うエリート達や、社会的地位の高いお偉いさん達にペコペコされるのが快感なんじゃないのかななんて、私は思ったりしていました」

——早く死んでくれないかな。

——そんなに嫌だったら、出ていけばいいじゃないか。

フラストレーションの溜まった居住者達は、影でそう囁き交わすようになった。

直接Hに怒鳴る居住者もいた。

理事長ではなかったが、みんなをまとめる役回りについていた紗里さんの夫などは、一度面と向かって厳しくHに注意をしたこともあるという。

「みんな無理もないですよ。それぐらいのことをHさんはしていたと、正直私は思います。しかもですよ」

紗里さんは憤慨する。

理事会の面々がレジデンスの管理人とともに、エレベーター内の防犯カメラの映像を確認すると、Hは扉に挟まれてなどいなかった。

さらには、デベロッパーに執拗に抗議をした自室トイレの手すりの取り付けも、業者が位置を間違えたのではなく、Hの指示に従い、その通りに取り付けたものだったということが、やがてみんなの知るところとなる。

デベロッパーにもエレベーター会社にも、怒鳴られなければならないようなことなど、何一つなかったのである。

だがHは、非を認めようとしなかった。

事態は訴訟騒ぎに発展していく。

紗里さんの夫に対しては「あなた、それでも人間か」と、怒りとともに書かれた抗議文が部屋のポストに投函された。

話にならなかった。

――早く死んでくれないかな。

Hに振り回される人々は、誰もがそんな思いをさらに強めた。劣悪な環境に辟易し、早々と転居を決めた家族もあった。

その頃になると、いつしか理事会のメンバーやその家族、管理人、関係会社の担当者などは、みな同士的絆で結ばれるようになっていた。攻撃を受けるデベロッパーやエレベーター会社は、法的な対抗措置さえ辞さない覚悟で、いよいよHという人間と向きあう準備を始めていた。

だが問題は、なかなかすぐには解決に向かわない。

「だから私、もういても立ってもいられなくなって、京都まで出かけて。A神社のS公に、お願いです、助けてくださいっておすがりしました」

紗里さんはそう回顧する。

二〇二一年の八月終わりのことだった。

そうして大阪に帰ってきて、何か月か経ったある日のこと。

「ちょっと来てほしいって、管理人さんから連絡があったんです」

夫と二人で一階の管理人室まで駆けつけると、管理人は言った。

どうもHの様子がおかしいと。

Hはなぜだか体調を崩し、一週間ほど病院に入院して帰ってきていた。

管理人が見てほしいと言って特別に公開したのは、そんなHが一人でエレベーターに乗っている時の防犯カメラの映像だ。管理人は例の一件以来、エレベーターの防犯カメラを時折チェックするようになっていた。

「そうしたらね」

紗里さんは言う。

「Hさんがエレベーターの中で、変な動きを何度も何度も繰り返すんです」

紗里さんはそう言うと、自分が見たHの動作を再現した。

それはまるで、蠅を払っているかのようだった。右斜め上を気にしたかと思うと、今度は左斜め上を気にする。両手を交互に動かし、気になる蠅を、しつこく何度も追い払うような真似をする。

Hはこんな動きを、エレベーターに乗るたびに、箱の中で延々と繰り返すのだという。

しかも、それだけではなかった。

さらに時が経つと、Hはシルバーカーを押しながら、一人でブツブツと力なく何事かを呟くようにもなっていった。

そして二〇二一年が終わり、二〇二二年が始まった。

「あれは、たしか二月のことでした」

食材の買い物に出た紗里さんは、少し先の歩道を、Hがシルバーカーを押して歩いていることに気づいた。

反射的に、いやな緊張感に襲われる。

出直した方がいいかと考え、踵を返そうとした。

「そうしたら、Hさんがいきなり派手に転んだんです」

シルバーカーごとではなかった。

Hの身体だけが左側にくずおれ、歩道に倒れ込む。倒れる瞬間、押しでもしたのかシルバーカーは、そのまま前方へと車輪を回転させて勢いよく移動した。

Hは慌てて立ちあがろうとする。

ところが今度は、右の方にバタリと倒れた。それでも立ちあがろうとすると、今度はまたしても左側に倒れる。

「何をやっているんだろう、この人って。私、固まったまま視線が釘付けになってしまって。陸に揚げられた魚が跳ねているみたいに、パタパタパタパタ、やっているんです」

心配した通行人があちこちから駆け寄って来た。

するとHは、いつもの調子でそうした人々を口汚く罵り始めた。

エレベーター内の奇行にも、変化があった。

ずっと蠅を追い払うような動きばかりしていたのに、その頃になると、いやだいやだと叫ぶ感じで、頭を抱えてうずくまるような行動が頻出し始める。

防犯カメラの映像に写し出されるHの顔は、恐怖に歪みきっていた。

やがて、三月。

膠着していた事態が、ようやく動いた。Hがレジデンスからの転居を決めたことを、紗里さん達は管理人から知らされた。

情報はすぐに、関係者の間に広まった。

Hは管理人が言った通り、ひっそりとレジデンスから去っていった。その時のHは、一回りも身体が小さくなったように感じられたという。

これで、一件落着だった。

紗里さん達居住者の生活は、ようやくいい方向に向かいだした。

だが紗里さん達は、訴訟騒動に振り回される関係各所からの情報で、その後のHの動向についても引き続き聞いていた。

――転居した先でも、さらにおかしくなっているらしい。

そんな話が届くようになった。どこへ行ってもあの調子だろうね、あの人はなどと、ため息交じりにみんなでうなずいた。

「ところがHさん、その年の夏に、突然急逝してしまったんです」

紗里さんは言う。

意外な報に接し、誰もが驚いた。

しかも、その死に方は尋常ではなかった。鼻と耳から血を出し、恐怖に引きつったような顔つきのまま、目を見開いて横死していた。

天寿を全うしたとは、とても思えない死に方だったという。

「それで……実はこの話、これで終わりじゃなくて」

あまりの展開に言葉を失っていた私に、声を潜めて紗里さんは言った。

後日談だと言って話してくれたのは、Hに振り回された関係者達が、実は期せずして、みな同じ時期にひそかに行動を起こしていた「あること」についてだった。

紗里さんはそれを、みなの話で後に知った。

「デベロッパーの関係者達。京都のY宮まで総勢二十人以上の大集団で、Hさん対策として極秘でお祓いに出かけたことがあったらしいです。二十人以上ですよ？　本気もいいところですよね」

ちなみにY宮は、悪縁を切り、良縁を結ぶ神社として霊験あらたかな社である。

しかも聞いてみるとそれと同じ頃、レジデンスの理事会メンバーだった同士の女性も、出身地である徳島県のK神社までわざわざ出向き、憑き物落としのお祓いを受け、Hについて祈念していた。

K神社は悪縁切りにご利益があるといわれる、これまた高名な社だ。

「そして、私が京都のA神社でご祈祷を受けたのも、まったく同じ時期だったんです」

紗里さんは薄気味悪そうに言った。

もちろん、すべては「ただの偶然」かもしれない。

だが……。

口にしかけた言葉を、私は呑みこんだ。

「私の話はこれで終わりです。でもね、エレベーターの中のHさんの奇妙な動き……今も私、頭にこびりついて離れなくて」

取材の最後に、紗里さんは憂鬱そうにため息をついて呟いた。

Hは盛んに、蠅を追い払うような真似をした。

何日も。

何日も。

延々と。

老婆は何を、追い払おうとしていたのだろう。

飛ぶ怪談

「話してもいいですけど、責任、持てませんよ」

苦笑しながら電話の向こうで言ったのは、浩美さんという四十代の女性。

浩美さんは言う。

「だってこの怪談、聞いた人のところに飛んでいきますから」

浩美さんの職業は、教師。

現在は関東某県のある高校で教鞭を執っている。

父方の親戚に拝み屋を生業とする女性がいた。その人はかつて家に来るたび「この子を養子にもらえないか」と、しつこく浩美さんの両親と交渉した。

——この子、神様が憑いているよ。

拝み屋の女性は浩美さんの両親に断言した。この子の目は神様が憑いている目だと。

「別に普通の目なんですけどね。ちょっと色素が薄くて茶色っぽいぐらいで。もちろん私は、神様がどうとかこうとか全然信じていませんけど」

どうしてですかと私は尋ねた。浩美さんは笑う。

「だって神様が憑いていてくれるんなら、もうちょっとマシな人生のはずだと思って」

この人もまた、霊的に特異なものを持つ人だった。

短時間話をしただけでも、不思議な体験談が次から次に溢れ出してくる。日々当たり前のように見えているものが、他の人には見えていないのだと気づいてショックを受けたのは小学三年生の時だった。

そんな浩美さんが人生最凶と断言する怪談がある。

それが「飛ぶ怪談」だ。

前もってお断りしておく。この怪談は本当に「飛ぶ」。現に私の家にも飛んできたのだから間違いない。

どうか自己責任という形でお読みいただきたい。

「大学二年生の夏でした。当時交際していた恋人と、Kという有名な夜景スポットに夜景を見にいくことになったんです」

浩美さんはそう当時を回顧する。

大学生だったその時分、彼女は北海道の釧路で暮らしていた。恋人は次の日から旭川の実家に帰ることになっていた。

しばらく会えない寂しさを埋めるためのドライブデート。二人は釧路の丘陵に広がる美しい夜景を楽しみ、帰途に就いた。

「釧路って寒いんですよ。夏でも夜になったら、上着がないとだめなんです。昼間だって、真夏の八月でも二十五度を超える日が三日あったらいいねっていう感じ。今は気候の変動で少し変わったかもしれませんけど、当時はそれが当たり前で、その日も陽が落ちてから一気に寒さが増しました」

浩美さんは薄手の上着を羽織り、恋人の運転する車の助手席にいた。

車は街灯の明かりさえない暗い夜道を走った。左側にあるガードレールを、車のライトが闇の中に浮きあがらせる。

「私達、会話もなく車を走らせていました。そうしたらガードレールの向こうに、人の姿が見えたんです」

浩美さんは言う。

「かなり前方だったんですけど、車のライトがはっきりとその人を照らし出しました。女の人でした」

浩美さんは、その女性を見て眉をひそめた。

ノースリーブの白いワンピース姿。

ストレートの黒髪が背中の半分ぐらいまである。膝のあたりでスカートの裾が、動きにあわせてヒラヒラと揺れる。

なんて格好をしているのと浩美さんは思った。上着を羽織っていてさえ肌寒さを感じる気候。それなのに、その女性は肩も腕も丸出しだ。

ワンピースの生地も、かなり薄手に見える。

「しかもよく考えたらこの人、こんな暗い夜道をどうして一人で歩いているんだろうって思いました。それぐらい、あたりは暗くて不気味だった」

浩美さんと恋人の車は、白いワンピース姿の女性に近づいた。

そのときだ。

突然女性が、くるりとこちらをふり向いた。二十歳前後に思える、若い女。

目があったと思った瞬間、女が豹変した。

禍々しい笑いを浮かべてガードレールをまたぎ、大股でこちらに向かってくる。ところが恋人は減速しようともしない。女がこちらにやってくる。

「危ない！　って叫びました。そのままだと、完全に轢いてしまいそうだったから」

恋人はあわててブレーキを踏んだ。車が軋み、あたりに静寂が満ちる。だがその時には、女はもうどこにもいなかった。

「『なんだよ、何もいないべや。怖がらすな』って恋人に怒鳴られました。そして私、ようやく気がついたんです。あの女が私にしか見えていなかったことに」

浩美さんの心臓はなおも激しく打ち鳴った。

幽霊にしては女の存在感はリアルで、生身っぽさを感じさせた。そもそも浩美さんと目が合い、こちらに近づいてきた時だって、わざわざガードレールをまたいでいる。

それなのに、あれが幽霊？　浩美さんはパニックになった。

恋人は、浩美さんが霊的に不思議なものを持っていることを知っていた。事情を聞いた彼は、浩美さんに乞われてコンビニに向かった。

「その晩は彼のアパートに泊まるつもりでいたんですけど、そのまま向かう気にはなれませんでした。だって連れ帰ってしまう危険性がありますから、あの女を」

二人はコンビニに寄り、飲み物を買って一息ついた。

まだ近くにいるのかと気配を探る。だが、女の存在を感じさせるようなものは何もなかった。

それでもなお躊躇したものの、いつまでもコンビニの駐車場にいるわけにもいかない。恋人に促され、しかたなく浩美さんは彼のアパートに行った。

明日の朝は早いからもう寝るよということになった。ベッドに潜りこんだ恋人のかたわらに、重苦しい気持ちのまま浩美さんも横たわる。

築浅な、大学生向けのアパート群。たくさん棟があり、一棟当たりの部屋数もけっこうあった。近くには大きな公園があったという。

アパートは二階建てで、恋人は一階の一室で暮らしていた。

パイプベッドを置いた四畳の部屋と、テレビや冷蔵庫のある八畳のリビングルーム。二つの部屋はカーテンで仕切られている。

二人はカーテンに頭を向けて、パイプベッドにいた。

眠れない。

恋人は隣でいびきをかいていたが、浩美さんに睡魔は訪れなかった。しんと静まり返った中、闇の中で、じっと天井を見あげ続ける。

クシャッ。

そのときだった。

カーテンで仕切られたリビングの方から妙な音がする。やや離れた場所でしたように思えた。浩美さんはギクッとし、全身を耳にした。

しかし、音は二度と聞こえない。気のせいか。そう思った。

クシャッ。

ところが、またしても音がする。レジ袋を乱暴に丸める音にも似た異音。どうしてこんな音がするのだと、浩美さんはカーテンを見た。

クシャッ。

（えっ）

クシャッ。

（えっ、ええっ？）

音が、近づいてきた。

（嘘でしょ）

浩美さんはベッドに起きあがり、カーテンの方を振り返ったまま身をすくめた。

クシャッ。

クシャッ。

だが音はカーテンを離れ、バスルームの方に移動していく。力が抜けた。浩美さんは再びパイプベッドに仰臥し、深々とため息をついた。

すると、ベッドがいきなり派手に軋んだ。驚いて飛びあがりかけると、誰かに髪をつかまれる。カーテンの方に、力任せに引っぱられた。

——いやあああ。

たまらず悲鳴を上げた。謎の力に抗うように、浩美さんは勢いよく上体を起こした。

女がいた。

ノースリーブの白いワンピース。ベッドの足元に立ち、こちらを見下ろしている。だらりと黒髪が垂れていた。闇のせいで顔が見えない。

だが、浩美さんは気づいた。

女は笑っている。裂けたように吊りあがる口から、不揃いな汚い歯が零れていた。

「ちょっと待ってください」

そこまで話を聞いて、私は浩美さんを止めた。不気味な展開に、いささか浮き足立っている。気がつけば、メモをとる手も止まっていた。

なんという不覚。素人でもあるまいしと情けなくなりながら、いくつか事実関係を確認しなければと、私は焦った。

「すみません、細かいことなんですけど……その、背が高くて細い女が立っていた空間って、どれぐらいの広さなんでしょう。女の背後は壁ですか、掃きだし窓とかですか」

私はスマホを握りしめ直し、浩美さんに聞いた。

怪談にそこまで書きこむかどうかはともかく、部屋のイメージに関する情報がいささか心もとなかった。

浩美さんは押し黙った。不自然な間に耐えきれず、私は声をかける。

「……もしもし？　あの、浩美さ――」

「幽木さん」

すると、私を遮って浩美さんが言う。

「もしかして、この女のこと、見えてるんじゃありませんか」

「は？　見えてるって……どうしてですか」

言葉の意味が分からず、私は聞いた。

浩美さんは言う。

「だって私、背が高くて細い女だなんて、ひと言も言っていませんよ」

「えっ」

今度は私が絶句する番だった。

「あれ……おっしゃいませんでしたか。女性としてはけっこう背が高くて、しかも、すらりと細い――」

「言っていません。いや、本当にそういう女なんですけど、私、そこまで話してません」

嘘だろうと私は動揺した。

私の脳内には、なぜだかやけに鮮明に、その女がいたからだ。私はてっきり、浩美さんからもたらされた情報の集積の結果だと思っていた。

「えっと……あれ？　でも私ね、今はっきり頭の中に女がいるんですけど」

「ほら、見えてますよね。だからこの話、やばいんですよ、ほんとに」

浩美さんはそう言って私に詫びた。もしもそちらに女が飛んでいってしまっていても、悪く思わないでほしいと。

いやいや。

いやいやいやいやいや。

私はパニックになった。時刻は、夜の八時をちょっと過ぎた頃。自宅仕事場のデスクで取材をしていたが、思わず後ろを振り返り、室内を見回す。

異常こそないものの、さすがに気味が悪かった。

ちなみにこの日、私はICレコーダーで、浩美さんとの会話をすべて録音していた。取材終了後、録音内容を聞き返したが、たしかに浩美さんの言う通り、彼女はただのひと言も、背が高いとかすらりと細いなどとは言っていなかった。


話を元に戻す。

浩美さんは女の登場に半狂乱になった。

「私、もう完全におかしくなってしまって、泣きながら叫んでしまいました。隣で寝ている恋人の胸ぐらをつかんで、起きて、起きてって揺さぶりました」

しかし恋人は起きてくれない。

浩美さんが泣きながら頬を張ると、ようやく彼は覚醒した。馬乗りになって泣いている恋人を見あげ、「どうしたの」と寝ぼけた声で言った。

「結局私、次の日は彼に旭川まで連れていってもらったんです。置いて帰るのは心配だからって、彼が本気で案じてくれて。そのおかげ、だったと思います。それからはもう、その女が私の前に現れることはありませんでした。ただし『私の前には』ですけど」

そう。話はこれで終わりではなかった。

むしろ、発端に過ぎなかったと言ってもいい。

「で、ここからです」

浩美さんはそう言って、一呼吸置いた。

「大学を卒業した私は、中学校の教師として生徒達を指導するようになりました。そのうち、いつ頃からだったかな。生徒達に乞われるまま、幼い時分から体験してきたいろいろな怪談を語って聞かせるようになったんです。子どもって怖い話大好きなんで。そんな怪談の一つとして、この話を生徒達にしたことがありました。たしか、十五年ほど前だったと思います」

浩美さんが生徒達に、この怪談を披露した夜のことだ。

ある生徒――A君は自分の部屋で勉強をしていた。二階建ての一軒家。階下からは、両親がテレビを見ている音がする。

部屋のドアは開けたままにしていた。昼間、先生から聞いた話が怖かったからだと、翌日、この生徒は浩美さんに言った。

なんだかいつもと家の中の空気が違うと、A君は思ったという。あんな気持ちの悪い話を聞いてしまったからかなと、いささか後悔もしたらしい。

そんな時だった。

背後で、気配がした。勉強机に向かっていたA君はぎくっとして振り返る。部屋の前の廊下を、白いワンピースを着た女が右から左に横切った。

ノースリーブだった。

A君は悲鳴を上げ、部屋から飛びだし、階段を駈けおりた。

――お母さん、お母さん。今、上に来た?

両親のいる居間に駆けこむなり、A君は聞いた。だがそこにいたのは、少年の緊迫感とは落差の激しい、実にのんびりとした雰囲気の父と母だった。

「お母さんには『今ドラマがいいところなんだもん。上になんて行くわけないでしょ』と言われたって、朝の自習の時に彼は言いました。そして、もう怖くて怖くて勉強部屋になんかいられないから、あとはずっと両親のいる部屋で勉強したんだよと、興奮気味に私にまくし立てたんです。ところが」

浩美さんは教卓のところでA君と話をしながら、ギョッとした。

A君は彼女の前まで来て話をしている。だが見ると、生気のない白い指がA君の背後から現れ、少年を呼ぼうとでもしているかのように、そっと、彼の肩に乗った。

あの女だ。

浩美さんにはすぐに分かった。恐怖のあまり、全身が硬直する。あの女が、また現れたのだ。

だが、ここで動揺などしてしまったら、集団パニックに発展しかねない。そう考えた浩美さんは、懸命に何でもないふりをした。

ところが、そのことに気づいたのは彼女一人ではなかった。

教室中の生徒達がA君と浩美さんの会話を固唾を呑んで見守る中、見れば一番前の席の女生徒が、目を剥いてA君の肩を見あげている。

霊感の強い少女だった。浩美さんと目が合う。浩美さんはアイコンタクトで、「黙っていて」と少女にサインを送った。

「あとで廊下に呼び出し、女生徒と話をしました。『何が見えたの』と聞いたら、案の定『肩に手がついていました』って……。もうね、やっぱりこの怪談は、人にしてはいけない話なんだなって改めて思いましたよ」

ちなみに、女が現れたと訴えたのはA君だけではなかった。「夜、金縛りに遭った」「女が夢に出てきた」など、複数の生徒達が興奮気味に報告をした。

それ以来、浩美さんは誰かにこの話をすることを自分に禁じた。

それでも、どうしても聞きたいという子どももいる。さわりだけでもいいから聞かせてと頼まれ「この話をすると『見る人』が続出しちゃうから話せないんだよ」と言っても「その化け物って男なの、女なの」としつこく聞かれる。

しかたなく「女だよ」と答えると、翌日、浩美さんに怪談話を乞うた男子生徒の一人はこう言った。

——先生、俺、昨日金縛りに遭ってさ。見たら枕元に、白いワンピースを着た女が立っていたよ。

浩美さんは理解した。この怪談は、さわりすら語ってはいけないのである。

これが、浩美さんから聞いた話のすべてだ。占いを通じて彼女と懇意になった私が、どうしてもと頼みこみ、ようやく語ってもらった怪談である。

読んでしまった方。何も起こらないことを、心からお祈りする。

と言うのも「ただの偶然だろう」と笑われたらそれまでだが、浩美さんに取材をした夜、電話を切り、仕事部屋を出て妻のもとに行くと、彼女は和室に倒れこんでいた。

驚いて「どうしたの」と聞くと、いきなりめまいがし、吐き気を催したため、動けずにいたという。悪寒もして、寒くてしかたがなかったと妻は言った。

調子を崩した時間をたしかめると、まさに浩美さんから白いワンピースの女について詳しく聞いていた頃である。

薄気味悪さに拍車がかかったことは言うまでもない。

ちなみにその夜は、私自身も眠れないほどの腹痛に襲われ、七転八倒した。

私の脳内でその姿をはっきりと浮かびあがらせた、背の高い女。

白いワンピースを着た化け物は、私達のもとにも、やはり飛んできたのだろうか。

ところで。

ここに至るまで、私はその女の顔つきについて、ひと言も言及していない。

あなたの脳内に像を結んでいるその女、どんな顔をしていますか?

録音した取材データを文字に起こし、この原稿を書いていた私は、浩美さんから女の顔つきについても聞いていなかった事実に気づいた。

だが、私の頭の中には、すでに女の顔がある。

浩美さんに問いあわせた。私にはこういう風に見えているのだが、本当はどうだったのかと恐る恐る聞く。浩美さんは言った。

——先生の言う通りです。やっぱり先生にも見えているんですね。

もう、この辺でやめておく。

この話に関わっていると、なんだかずっと、頭痛が酷い。

あとがき

竹書房怪談文庫さんからの怪談集がこの本で五冊目になることは「まえがき」でお話しした通りです。

正直、とても不思議な気分です。

二〇二〇年に最初の本（『算命学怪談』）を発表したときは、その後、こんなに続刊が出せるようになるだなどとは、まったく思っていませんでした。

そもそも私の怪談は、算命学の鑑定士として日々出逢う奇妙な人々から取材する話がほとんど。

「占術家」としての肩書き以外に「怪異蒐集家」を名乗るようになった当初は、名乗ってはみたものの、まさかこんなにも、怖い話や驚異的な話を語れる人と縁ができるだなどとは思いもしませんでした。

いつも言うことではありますが、世の中は怪異に満ちています。

あり得ない人、嘘のような本当の話がいっぱいです。

あとがき

二〇二四年、私は『予言怪談』というアンソロジーに「神勢調査員」なる中編譚で参加させてもらい（大変ご好評をいただき、感謝の念に堪えません）、そのときも「この話は本当に実話なのか」といろいろな人に聞かれましたが、天地神明に誓って体験者から直接取材した話です（あまりにも「やばい」部分はやむなく脚色しています）。

そしてそれは、今回の怪談集も今までの怪談集も基本的に「同じ」です。

諸々の事情でアレンジを加えなければならないことは話によってありますものの（ルポルタージュ怪談とはそういうアートだと思います）、どの話も、私が出逢ったさまざまな人々の語る体験をできるだけあるがままの形でお届けしています。

もちろん怪談はエンタテインメント。

「ああ、面白かった」「ああ、怖かった」で終わっていただいて全然かまいません。

でも私たちの生きるこの世界、思いのほか「やばい」ですよ。

お気をつけあれ。

それではまた、お目にかかりましょう。

二〇二四年霜降　幽木武彦

★読者アンケートのお願い
本書のご感想をお寄せください。アンケートをお寄せいただきました方から抽選で５名様に図書カードを差し上げます。
（締切：2024 年 11 月 30 日まで）

応募フォームはこちら

占い屋怪談 化け物憑き

2024 年 11 月 5 日　初版第一刷発行

著者……幽木武彦
カバーデザイン……橋元浩明（sowhat.Inc）

発行所……株式会社　竹書房
〒 102-0075　東京都千代田区三番町 8-1　三番町東急ビル 6F
email: info@takeshobo.co.jp
https://www.takeshobo.co.jp
印刷・製本……中央精版印刷株式会社